Heinrich Ferdinand Möller

Sophie oder der gerechte Fürst

ein Originalschauspiel in drei Aufzüger

Heinrich Ferdinand Möller

Sophie oder der gerechte Fürst
ein Originalschauspiel in drei Aufzügen

ISBN/EAN: 9783743676138

Hergestellt in Europa, USA, Kanada, Australien, Japan

Cover: Foto ©Andreas Hilbeck / pixelio.de

Weitere Bücher finden Sie auf **www.hansebooks.com**

Sophie,
oder:
Der gerechte Fürst.

Ein
Originalschauspiel
in drey Aufzügen,

von dem
Verfasser des Grafen von Waltron,
Heinrich Ferdinand Möller,
Mitglied der Seylerischen Schauspielergesellschaft.

Aufgeführt
auf
dem Churfürstl. Theater zu München.

Mit Genehmhaltung
des Churfürstl. Büchercensurcollegiums.

1777.

Perſonen

Der Fürſt und Landesherrſcher von ✱✱✱
Graf von Cronſtein, deſſen General.
Ein Hofcavalier vom erſten Range.
Ein Kammerherr.
Der Syndicus der Stadt.
Baron von Broſchalka.
Die Baroninn, ſeine Frau.
Sophie, eine Gefangene, ſeine zweyte Frau.
Ferdinand, ein Knabe von 13 Jahren.
Carl, ein Knabe von 9 Jahren.
Sophie, ein Mädchen von 8 Jahren.
Ein Tiſchler.
Der Stockmeiſter.
Anne, ſeine Frau.
Thereſe, ſeine Tochter.
Mathies, der Schließer.
Jacob, Lorenz, Chriſtoph, Stockknechte.
Mutowsky, ein Straßenräuber. ⎫
Ein Pasquilant. ⎬ Gefangene.
Ein junger Menſch. ⎭
Mariane, eine Magd im Stockhauſe.
Verſchiedene Cavaliers und Officiers zur Suite des Fürſten.
Zwey Rathsherren und zwey Officiers nebſt ihrer Compagnie von der Stadtwache.

Die Scene iſt die Haupt- und Reſidenzſtadt eines Fürſten in Deutſchland.

Die Handlung fängt früh an, und dauert bis den andern Morgen um 10 Uhr.

Vorrede.

Die rührende Geschichte, die fast in allen Zeitungen nachhero abgeschildert wurde, und die sich in der Hauptstadt Deutschlandes ereignet hat, riß mich so heftig hin, daß ich, noch denselben Abend, da ich es in der Hamburger Zeitung zum ersten fand, mich niedersetzte, und ein dramatisches Gedichte daraus verfertigte. — Ich entwarf mir den Plan im ersten Feuer, und so führte mich die Anlage von Scene zu Scene fort. — Ich weis, daß man im zweyten Acte Einwendungen machen kann; — es ist viel Erzehlung darinn; — al-

Vorrede.

lein, wie konnte ich Arrestanten im Stockhause mit einem großen Fürsten handeln, und bloß Sophie allein auftreten lassen? es hätte geschienen, als wenn der Fürst schon von ihrem Schicksal unterrichtet worden, und bloß ihretwegen ins Stockhaus gekommen wäre. Uebrigens habe ich auch unter den episodischen Auftritten und Perioden sogar meist wahrhafte Begebenheiten und Karaktere genommen, die in dem Orte, wo die Scene ist, besser bekannt sind: besonders der Pasquillant mit der sogenannten geschriebenen Zeitung. Fehlt hie und da noch etwas — je nun — so bin ich zu entschuldigen. — Nur große Geister allein, können Meisterstücke liefern. Wenn mein Versuch nur das Herz trifft, so bin ich genug belohnt. — Auch schrieb ich allein aus dem Herzen.

Erster Aufzug.

(Das Zimmer des Stockmeisters. Auf der einen Seite sieht man Ketten; an der andern Peitschen und Ochsenziemer. Im Hintergrunde stehen auf einem Tische zween Körbe mit Brod, und zween große steinerne Krüge mit Wasser. Vorn an der Scene hängen zwey Gebünde Schlüssel.)

Erster Auftritt.

Anne, Therese, (schneiden Brod in die Körbe.) Und darauf Mariane.

Mariane

(kömmt zur Seitenthüre herein, hat eine große irrdene Schüssel mit Linsen, und hängt die Schlüssel an den Nagel. Zur Anne.)

Ich möchte gerne Butter oder Fett zu den Linsen haben.

Anne (gehe mit einem Teller auf der andern Seite in Speisegewölbe ab.)

Therese (zur Mariane.) Du, Marianchen! mache

mache die Linsen nur recht gut — recht fett für die armen Gefangenen.

Mariane. Ja, wenn nur ihre Frau Mutter nicht so sparsam wäre.

Therese. Ich will schon sehen, daß ich ihr noch ein Stück Fett oder Butter wegmausen kann, hernach, wann die Mutter in die Kirche fort ist.

Anne (kommend.). Da hast du, Mariane, und sieh zu, daß du zulangst.

Mariane. Ja! schon recht, so viel möglich ist.

(geht ab.)

Zweyter Auftritt.

Der Stockmeister. Die Vorigen. Darauf Mathes und Christoph.

Stockmeister. So, Frau! mache, daß die Arrestanten ihr Morgenbrod bald kriegen. Schneide nur immer ein wenig große Stücke — und höre, gieb doch auch einem jeden eine Hand voll Pflaumen dazu. Der liebe Gott hat uns dieß Jahr am Obste so gesegnet —

Anne. Ja, das hat er wohl, der liebe Gott — Obst in Menge, und doch sind die Leute theuer damit.

Stockmeist. Theuer? Nun, Gott verzeihe mir's! — Ein Schock große Pflaumen um einen Sechser — wenn das theuer ist! — Wenn du nur bedächtest, daß die armen Leute von dem Gelde, welches sie aus dem Obste lösen, Steuern und Gaben, und der Herrschaft ihre Grundzinsen geben, und überdieß ihre andern Hausausgaben
bestrei=

bestreiten müssen — Es gehören gar viel Schocke Pflaumen zu einem Gulden, und ein Gulden ist nicht viel Geld.

Anne. Je nun, Gott zu Liebe! — (zur Therese) Du Therese, hol ein Paar Schock Pflaumen.

Therese. Ja, liebe Mutter!

Anne. Suche sie aus, wenn sie gleich auch ein wenig geschrumpft und angefault sind; den armen Leuten werden sie doch gut schmecken.

Stockmeist. Ja, Gott zu Liebe soll sie die schlechtesten aussuchen — deine guten Werke sind auch manchmal angefault. Nein, Therese, nimm sie, wie sie dir unter die Hände kommen, entweder recht, oder gar nicht.

Therese. Schon gut, lieber Vater! — (winkt ihm) Ich will's schon recht machen. (geht ab)

Stockmeist. Frau, du bist doch ein recht seltsames Thier! — Da thust du, als wenn du unserm Herrn Gott die Füße abbeißen wolltest, und just, wo du dich als eine gute Christinn zeigen solltest, bist du ein Geizteufel — Bethe lieber weniger, und thue sonst gute Werke: es wird besser, und Gott angenehmer seyn.

Anne. Nun, mein Gott, du weißt, wie unrecht mir geschieht! Hab' ich nicht erst die vorige Woche allen Arrestanten Birnen zum Abendbrod geschickt?

Stockmeist. Ja, die auch schon halb verfault waren — ich kenne deine Freygebigkeit, du Bethschwester!

Anne. Es ist schon recht, laß du mich nur

immer bethen — wir armen Sünder können nicht zu viel bethen.

Stockmeist. O ja, zu viel ist ungesund — in allen Stücken; aber ihr schnattert mehr als ihr betyet.

Therese (kömmt mit einem Korbe voll Pflaumen.) Hier, lieber Vater, so wird's recht seyn.

Stockmeist. Gut, Therese.

Anne (sieht in den Korb.) Nun, du hast brav zugegriffen.

Therese. Für so viele arme Gefangene ist's nicht zu viel.

Stockmeist. He Christoph! (Christoph kömmt)

Christoph. Herr Stockmeister!

Stockmeist. Ruft den Schließer.

Christoph. Er ist draußen. — He, Vetter Mathes! (Mathes kömmt, mit ihm noch ein Stockknecht.)

Stockmeist. (giebt ihm ein groß Gebünde Schlüssel) Geht, und bringt den Arrestanten das Morgenbrod. (Mathes nimmt die Schlüssel, Christoph und Lorenz tragen die Körbe mit Brod, die Pflaumen, die zween Krüge mit Wasser, und gehen alle drey ab.)

Anne. Nun wär' ich fertig — Mariane, bringt mir meinen Caffee! (ruft in die Scene, Therese geht ab.)

Stockmeist. Ja, deinen Caffee kannst du dir gut schmecken lassen; aber den armen Arrestanten angefaulte Pflaumen zu geben —

Anne. Soll ich ihnen nicht auch Caffee oder Schocolade machen lassen?

Stock-

Stockmeist. Halt's Maul, du Geizhals!

Therese (bringt zwey Caffeeschaalen und Zucker dazu, und zwey Buttersemmeln, auch ein Fläschchen Wein nebst einem Teller mit Schinken und Semmeln.) Da hat er, lieber Vater, sein Frühstück auch. Laß er sichs gut schmecken.

Stockmeist. Und du dir deinen Caffee auch, Therese! (Mariane bringt eine ziemlich groß Kanne Caffee und Milchkanne, sie setzen sich und frühstücken.)

Anne. Joseph, willst du nicht auch eine Schaale Caffe?

Stockmeist. Laß du mich mit deinem Syrup ungeschoren! — Das ist ein Gesäufe für die Weiber. (trinkt) Ha, das schmeckt besser, männlicher, und giebt Kräfte. Du, Frau! — das Arme Sünderzimmer ist doch ausgekehrt und zurechte gerichtet? Man wird ihn bald bringen. Itzt werden sie ihm wohl sein Urtheil vorlesen. — (trinkt) Er wird so leicht nicht durchkommen. (schenkt ein) Und doch dächt' ich, wär das Köpfen schon genug. Was braucht's da erst Arm und Bein entzwey zu schlagen? — Wenn er todt ist, fühlt er ja so nichts mehr davon.
(trinkt und ißt dazu.)

Anne. Ach, der liebe Gott sey seiner armen Seele gnädig und barmherzig! — (tunkt ein) Aber, verdient hat er's wohl — Mein Gott, drey Mordthaten — es ist doch erschrecklich, was es für böse Menschen giebt!
(trinkt ihre Schaale aus.)

Stockmeist. Hat's gegeben, und wird's noch immer geben! — (trinkt) He, Jacob! — Du

Therese,

Therese, nimm ein Bierglas und schenk's halb voll Brantewein.

Therese. Ja, lieber Vater! —
(geht zur Seite ab. Jacob kömmt.)

Stockmeist. Jacob, geh her — (zieht ein Papier aus der Tasche, wickelt ein Stück Schinken und zwey Stück Brod ein) Geh hinunter, weil der Schließer noch unten ist, bring dem alten Soldaten das Brod und — Warte! Ah, da kömmst du ja schon — (Therese kömmt mit dem Glase Brantewein) Gieb her, Therese!

Therese. Kleine Geduld, lieber Vater! — ich will erst Papier darüber machen, daß es nicht ausraucht. (sie wickelt ein Stück weiß Papier darüber) Da!

Stockmeist. Bringt ihm das, er soll sichs gut schmecken lassen. (Jacob nimmt beydes, und will abgeben — Der Stockmeister sieht ihm nach, und da er bald bey der Thüre ist, ruft er ihn zurück) He, bleib da! — Mariane! — du möchtest Appetit kriegen, zu kosten! — (Mariane kömmt) Geh du hinunter, sie werden noch unten seyn, und bring dem alten Soldaten das Frühstück. (Mariane nimmt beydes und geht ab. Jacob macht ein verdrüßliches Gesicht und geht auch ab.)

Therese. Klug, recht klug!
(setzt sich wieder zum Caffee.)

Anne (steht auf mit der Schaale in der Hand, tunkt unter ihrer Rede immer ein und ißt.) He, Joseph, was willst du denn heute für ein apartes Speischen haben?

Stockmeist. Was du willst, mir ist alles recht.

Anne.

Anne. Heute hab' ich eben nicht viel Extra — eine Hühnersuppe mit Klöschen, Rindfleisch mit Meerrettig, Blaukohl mit Kastanien und Bratwürsten, einen Nierenbraten mit Salat — das ist alles — wenn du also noch was haben willst, so sag's nur.

Stockmeist. Nun, ich dächte, davon könnten wir wohl satt werden. — (Therese ist während der vorigen Rede mit vieler Behutsamkeit zur Seiten abgegangen, und kömmt bald wieder mit einem Töpfchen Suppe herein, nimmt eine Buttersemmel, und geht stille durch die Mitte ab.) Höre Frau, schicke dem armen Weibsbilde heute Mittags was von unserm Tische hinunter. Die arme Närrinn kriegt selten was vom Fleische.

Anne. Die Kindermörderinn?

Stockmeist. Nein, der andern, die die Baronesse Breschalka hat hersetzen lassen.

Anne (hizig.) Was, der liederlichen Metze? Da kömmst du mir recht — einer andern braven Frau ihren Mann zu verführen, sich eine gnädige Frau heißen zu lassen — die garstige Vettel, die!

Stockmeist. Bist du denn versichert, daß sie ihn verführet hat? He? —

Anne. Verführet oder verführen lassen — alles eins — wenn sie was getaugt hätte, so hätte sie sich schon besser vorgesehen. Ein braves Mädel, die ehrlich ist, und Gott vor Augen hat, läßt sich nicht so leicht übertölpeln.

Stockmeist. Seht mir doch die keusche Lucretia! Meynst du, weil du halt gleich so einen

gut-

gutherzigen Narren gefunden haſt, der dich zur Frau gemacht, darfſt du ſchon groß thun? Wer weis, was aus dir hätte werden können, wenn ſo ein rechter Wetterhahn über dich gekommen wäre? —

Anne. Was ſagſt du da, du gottloſer Mann? — Aus mir hätte werden können — Aus mir? — Aus mir? — Mich mit einem ſolchen Nickel über einen Leiſten zu ſpannen, mich, dein ehrlich angetrautes Weib — Das will ich dem Herrn Pfarrer klagen, der ſoll dir den Text leſen — (läuft herum, ſieht in den Spiegel, richtet die Haube gerade, bindet die Arbeitsſchürze ab, und nimmt ihr Gebethbuch aus dem Schranke) Du ehrvergeſſener Mann! die ganze ehrliche Welt weis meinem Namen nichts anzuhängen — ich habe immer eingezogen gelebt — (geht einigemale zur Thüre, und kömmt wieder zurück) Das iſt der Dank, daß ich dir immer eine fromme Sara geweſen! — Gott im Himmel mag dir deine ſchweren Sünden vergeben, ich kann's dir nun und nimmermehr verzeihen. (geht ab.)

Stockmeiſt. Geh, du Wetterdrache! — Hole dich der Teufel mit aller deiner Gleißnerey! — (trinkt wieder) Da geht ſie nun hin, bethet eine ganze Stunde in der Kirche, verzerrt das Geſicht, und im Herzen hat ſie doch den Groll. Ich wollte, daß alle Bethſchweſtern auf dem Blocksberge wären! — Viel beſſer ſind ſie doch nicht als Hexen. — Was iſt denn für ein Lärm auf der Straße? — (ſieht zum Fenſter) Oho — wieder ein Gaſt! — Was muß denn das für

ein

ein Vogel seyn? — Der Hagel, der ist verwahrt! — Was für eine Menge Leute um den Wagen sind! — Ueber die Neugierde! — Ich muß doch sehen, was es giebt! —

(geht nach der Thüre, eben kömmt Jacob.)

Jacob. Herr Stockmeister, sie bringen einen Arrestanten.

Stockmeist. Wo denn her?

Jacob. Das weis ich nicht. Vom Lande haben sie ihn gebracht — es sind Bauern mit dabey. Er ist an Händen und Füßen gebunden. Da kommen sie schon.

Dritter Auftritt.

Die Vorigen. Ein Unterofficier nebst vier Mann von der Stadtwache mit Gewehr. Vier Bauern tragen den Arrestanten, dem die Hände auf den Rücken, und die Füße gebunden sind, herein, werfen ihn ziemlich unsanft auf die Erde.

Arrestant (im Niederwerfen.) Daß euch das Donnerwetter auf euern Kopf führe, ihr groben Flegel!

Stockmeist. Ein trotziger Kopf!

Unteroffic. Wahrhaftig, ein ganzer Hecht! Schon anderthalb Jahre hat man ihm auf den Dienst gelauert — rathen sie einmal!

Stockmeist. Doch wohl nicht der berüchtigte Mutowsky?

Unteroffic. Getroffen!

Stock-

Stockmeist. Willkommen zu uns! — Willkommen, Herr Spitzbubenhauptmann!

Arrestant. Dein Glück ist's, du dickes Bierfaß, daß ich gebunden bin; sonst wollt ich dir deine Seele zum Genicke hinausschlagen.

Stockmeist. Ha haha! — Meine Seele ist zu feste angewachsen — Nun bindet ihn doch los, den Helden! — (sie binden ihn los, und legen ihm am linken Fuß und am rechten Arm ein Eisen an, schließen ihn kurz.)

Arrestant. Ha! — (schüttelt sich) Br, Br! Die Hunde haben mich zusammengeschnürt, daß meine Seele im Leibe krumm geworden. Allons, gebt mir einen Trunk Brantewein!

Stockmeist. Den sollst du haben — He, Therese!

Arrestant. He, du! du! Wer hat mit dir Kerl Brüderschaft gesoffen? He? — So weit werf ich mich nicht weg.

Stockmeist. Da hast du recht! — Hahaha! — ein schnurriger Kerl! (Therese kömmt) Du, bring die Flasche mit Brantewein heraus, und Brod dazu — (Therese bringt's nebst einem Bierglas. Der Stockmeister schenkt ein) Da, laß er sich's wohl schmecken!

(Therese bleibt noch etwas zurück.)

Arrestant (trinkt's auf einem Zuge heraus.) Ha — das schmeckt!

Unteroffic. Sauf du und der Teufel, sauf! —

Arrestant. Schenkt noch einmal ein.

Stockmeist. Nur nicht so hastig auf einmal, erst einen Bissen Brod.

Arre-

Arrestant. Dummkopf! Glaubt ihr, es soll mir ein solcher Fingerhut voll Brantewein schaden? Eine gute Bouteille zum Frühstück — Schenkt ein!

Stockmeist. Dieß Glas noch —
(schenkt ein, jener trinkt's wieder rein aus.)

Arrestant. Da Capo!

Stockmeist. Nichts mehr! (der Arrestant wirft das Glas an die Wand) Hehe, nur nicht so stürmisch! — Das bitt' ich mir aus.

Therese. Den muß ich doch sehen.
(tritt zur Seite vorwärts.)

Arrestant. Was Teufel, ein hübsches Thierchen — mein Seele! — Ein rechter Leckerbissen!
(geht auf sie zu.)

Therese. Ach! — (will ihm ausweichen und schreyt; er aber erwischt sie, und zieht sie an sich.)

Arrestant. Ich muß dich erst kennen lernen —
(will sie küssen.)

Stockmeist. Reißt den Hund nieder! (sie springen alle herzu, und einer von der Wache giebt ihm einen Stoß vor die Brust.)

Arrestant. Du verdammter Wurm! da liege — (schlägt denselben zu Boden.)

Stockmeist. Bindet den Racker, daß ihm die Rippen krachen! (sie binden ihm die Arme mit vieler Mühe) Warte, wir wollen dir deine überflüßige Courage schon benehmen — schleppt ihn hinunter.

Arrestant. Ihr Hunde! der Teufel soll euch zeitig genug beym Kragen erwischen.

Stockmeist. (zum Schließer, der unterdessen auch hereingekommen.) Legt ihm doppelt Eisen an, und aufs kürzeste geschlossen. (Schließer nimmt zwey Ketten von der Wand. Gehen alle ab.)

Vierter Auftritt.
Therese allein.

Sind sie fort? — Gott Lob! — Ich bin erschrocken, daß mir alle Glieder zittern! — Ach, ach! (setzt sich, und wischt sich den Schweiß ab) Ist das ein Mensch? — Ein Geschöpfe Gottes? — O mein armes Geschlecht! — Wenn so ein junges unschuldiges Lamm, auf ihr unbeflecktes Gewissen stolz, ruhig den sichern Weg forteilt, und ein Lied zum Lobe Gottes — oder für ihren Geliebten, mit ganzer Seele anstimmt — sich um und um sicher glaubt, und dann — ein solches Ungeheuer, hinter einem Strauche, wie ein Habicht einer Taube auflauert — von Schrecken ohnmächtig, ihm in seine teuflische Klauen fällt, und so ein Raub seiner viehischen Begierden wird — Ach Gott, Gott! (fängt bitterlich an zu weinen) Die Haut schauert mir! — O wir armen Geschöpfe! — (geht schluchzend ab.)

Fünfter Auftritt.
Sophie allein.

(Das Gefängniß. Sie sitzt auf einem Klotz; ihre rechte Hand und der linke Fuß sind in eine schwere Kette geschlossen. Ein schlechtes hölzernes Tischchen steht neben ihr, auf welchem ein Buch liegt.

Das Töpfchen, welches Therese im obbemeldeten
Auftritte forttrug, hält Sophie in der Hand.
Sie trinkt die letzten Tropfen aus, sieht gen Him-
mel, und seufzt:)

Barmherzige, wohlthätige Vorsicht, segne
meine Wohlthäterinn! (hebt das Töpfchen in die
Höhe) Segne sie! — Jeder Tropfen ihrer mil-
den Erquickung, jede Thräne, die dankbar auf
dieses Geschirr herabträufelt, sey eine Aufforde-
rung deiner Güte! — Meine ganze Seele weint
sie — Von aller Welt verlassen, auch von denen
verkannt, verabscheut, die durch die Rechte des
Blutes, zu meiner Hülfe verpflichtet wären —
ist sie es allein, die mich dann und wann mit ei-
niger Speise erquicket! O Menschlichkeit! — O
Erbarmung! In welchem Busen findest du öfters deine Wohnung — Wenn wird doch meines
Jammers ein Ende seyn! — Sechs ganze Jahre
schmacht' ich schon in diesem Kerker, als die
größte schändlichste Missethäterinn behandelt —
und was ist mein Verbrechen? — Gerechter
Himmel, hab ich diese schreckliche Züchtigung verdient! — Hunger, Kälte, Blöße und so un-
zählige schmerzhafte Streiche, die mein aufge-
schwollner Rücken schon leiden mußte — konnten meinem unglücklichen, peinvollen Leben noch
kein Ziel setzen! — O Broschalka! Broschalka!
Unmenschlicher Urheber meines Leidens und Jammers, meiner Schande! — Wehe, wehe dir am
Tage des Gerichts! Warum hast du mich in dieses gränzenlose Elend hinabgestürzt? — Mich
durch deine gottlosen Eidschwüre zu verführen,

B mit

mit den heiligsten Banden zu freveln, die Unschuld zu berücken, mich zur Mutter hülfloser Waisen zu machen, die ihre Aeltern verwünschen müssen, und von ihrer Geburt an, mit Schande gebrandmarkt, Elend und Verzweiflung zum väterlichen Erbtheil bekommen! — Gräßlich, gräßlich! — (geht verzweifelnd ab und nieder, ringt die Hände, und schreyt wehmüthig) O Gott! — Meine Kinder, meine Kinder! — Warum mußt' ich Mutter, eure Mutter werden? — (wirft sich auf das zur Seite befindliche, und mit einer braunen Matratze bedeckte schlechte Strohlager nieder, und schluchzt aus vollem Halse) O meine Kinder! — (richtet sich halb in die Höhe) Meine armen Kinder! — (beyde Hände vors Gesicht haltend, sitzt) Was wird aus euch werden! — Verworfen, bestimmt, von Haus zu Haus Almosen zu betteln — dann ohne Beystand, ohne Erziehung, in lüderlicher Gesellschaft verwildert, zum Laster hingerissen! — Du meine Tochter! — jedem Bösewicht zur Sättigung seiner thierischen Begierden preiß gegeben — Ihr, meine Söhne — Bettler, dann Betrüger, Diebe, und endlich — Ha! — (springt auf) Ha! — Sollte, könnte das ihr Loos seyn, gerechter Himmel? — Was? — Gerechter — Gerechter? — (mit verzweifelter Wuth) Vergieb mir, Ewiger! — Mein Leiden ist kein alltägliches, gewöhnliches Leiden — es ist beyspiellos — für meine Kräfte nun zu schwer! — Bald unterlieg ich! — (wirft sich auf den Klotz oder an die Mauer. Man hört Schlüssel rasseln; sie fährt zusammen, sieht nach der Thür.

Der

Der Stockknecht mit einer Karbatsche unterm Arm. Sie schreyt, schlägt die Hände zusammen) Mein Henker! — Noch mehr — noch nicht genug! — (lauft verzweifelnd umher.)

Sechster Auftritt.
Der Stockknecht, und Sophie.

Stockkn. Die arme Haut! — erschrickt vor mir, wie vorm Teufel — hat recht, bin nicht viel besser; aber, du lieber Himmel! — nicht meine Schuld, muß wohl! — Das Blut tritt mir immer ans Herz, wann ich zu ihr muß — bis in Hals tritt mir's, und würgt mich recht. Lieber Himmel, nicht meine Schuld! — (zur Sophie) Guten Morgen, liebe Frau!

Sophie. Kömmst du, mich wieder zu zerfleischen? — Noch ist mein Rücken aufgeschwollen — Das gestockte Blut — O drückt es mir doch das Herz ab!

Stockkn. Nicht meine Schuld — thu's ungerne, Gott weiß's! recht mit schwerem Herzen; aber muß wohl. — Hab' ja mein Jurament, zu thun, was eine hochweise Obrigkeit befiehlt! Sie mag's auch verantworten — wenn's zu viel ist. Begreif's freylich nicht — schon so lange im Arrest, alle Wochen einmal gestäupt, und das alles, weil sie halt mit einem Ehemann ein wenig ungebührlich gelebt hat. Freylich eine große Sünde; aber — wenn alle die gestäupt würden, die's auch so machen — lieber Himmel; ich müßte viel Arme haben, könnt's wahrlich nicht allein

bestrei=

bestreiten. Ja, und es würde manches vornehmes Weibsbild mit betreffen; aber, wie halt das Sprüchwort sagt, die kleinen Diebe hängt man, und die großen läßt man laufen.

Sophie. Ach, lieber Mann, sey du mein Erlöser! — Sey barmherziger, als jene ungerechten Richter! Verdopple deine Grausamkeit — ein einziger wohl angebrachter Streich kann meinem Jammer ein Ende machen — mein Fünkchen Geist, das kaum noch in mir glimmt, würde bald verlöschen. — Bey jenem Richter aller Richter will ich dir Gnade und Segen erbitten.

Stockkn. Gott sey bey uns! Versteh' ich recht — ich soll einen Todschlag begehen? —

Sophie. Todschlag? — Wer würde dich dessen beschuldigen?

Stockkn. Wer? — die hochweise Obrigkeit, Gott, und mein Gewissen.

Sophie. Gewissen? — Mein Leiden zu enden ist wider dein Gewissen? Aber meine Schmerzen zu erneuern, mich langsam, unter den schrecklichsten Martern, mein Leben verwinseln lassen — (die Hände ringend, und bitterlich weinend) Ach — ach, barmherzige Gottheit! — ist dein Auge für mich ganz verschlossen! — Dringt denn mein Wimmern, mein Schreyen nicht zu dir? — Soll ich an deiner Barmherzigkeit verzweifeln? — Wie lange hab' ich geharrt, wie viel, wie lange gelitten! — Warum? — Und noch keine Erlösung — (sinkt entkräftet zu seinen Füßen nieder)

Stockkn. (wirft die Karbatsche weg.) Fahr du zum Teufel, verfluchte Karbatsche! — eher sollst du du auf meinem Buckel rumtanzen, eh du das arme Weibsbild noch einmal anrühren sollst! — Und wenn ich meinen Dienst verliehren sollte, so könnt' ich ihr nichts mehr thun. — Wär' ich doch lieber ein Holzhacker geworden, als — Ich hab' schon manchen Buckel durchgerbt; aber mir ist mein Lebtage nicht so gewesen — Nein! Nun und nimmermehr — Lieber will ich mich selbst karbatschen lassen, als daß ich dem armen Wurm da noch was zu Leide thun wollte! (fängt an zu weinen) Wie sie da liegt! — Steh sie auf — arme Haut! — Fürchte sie sich nicht — der Teufel soll mich gleich zerreissen, wenn ich ihr noch einen Streich gebe! — Ja, gewiß und wahrhaftig! — (schleppt sie auf einen Klotz. Sophie legt ihr Gesicht auf ihre zusammengerungene Hände) Gewiß und wahrhaftig. — Von heute an ist's aus! Meine Hand soll mir verdorren, wenn ich — ja gnädiger Herr Blutrichter! ich kann mir einmal nicht helfen — Mach' er noch so grimmige Augen, es ist mir einmal nicht möglich. Da ist mein Buckel, haut immer drauf los — ja nur zu — nur zu — lieber will ich's aushalten. — Mein Buckel ist stärker, als da — der armen Haut ihrer — (Therese hat die letzte affektvolle Rede unter der Thüre angehört, springt mit ausgebreiteten Armen auf ihn zu, drückt ihn an ihre Brust, und küßt ihn) Gott sey bey uns! Ein Gespenst —

Therese. Lorenz, ehrlicher lieber Lorenz, der Himmel vergelte dir dein Mitleiden! — das werd' ich dir nimmer vergessen, du gutes, vortreffliches Herz!

Stockfn. Ist sie's, liebe Jungfer? Wie hat sie mich erschreckt! Ich dachte, sie hätte mich schon beym Kragen — Da seh sie nur die arme Haut, wie sie da liegt! — Und ich hätte sie wieder karbatschen sollen? — Ja, der Teufel — Gott verzeih mir meine schwere Sünde! —

Therese (zur Sophie.) Ach, die Arme! — Was hat sie schon leiden müssen! — Das grausame Weib, ihr Nebengeschöpfe so lange peinigen zu lassen — es ist unmenschlich! —

Stockfn. Die böse Edelfrau, meynt die Jungfer? Ja, da hat die Jungfer recht — ein rechter Beelzebub! — Wenn ich die so da hätte — (lauft nach der Karbatsche, haut zu, als wenn er jemanden vor sich hätte) Die wollt' ich durchsalzen — so recht langsam, hübsch gezogen, daß's recht einbeißen müßte — Ha, die sollte juchzen; — aber umsonst, immer darauf zugehaut — immer darauf —

Therese. Lorenz, seyd ihr närrisch?

Stockfn. Verzeih mir die Jungfer — ich dachte, ich hätte das unbarmherzige Thier vor mir.

Therese (zur Sophie.) O meine Liebe! erholen sie sich doch — ich bin bey ihnen — Niemand soll ihnen was zu Leide thun. (zu Lorenz) Geh, hole mir zwey Kissen und das Oberbette aus meinem Zimmer, geschwind aber, eh meine Mutter aus der Kirche kömmt.

Stockfn. Gleich, liebe Jungfer, gleich —
(lauft ab)

Therese. Kennen sie mich nicht? (Sophie richtet

et sich in die Höhe, sieht sie starr an) Ich bin's, meine arme Freundinn, ihre Therese!

Sophie (schwach.) Ach, meine Wohlthäterinn, lassen sie mich ihre Hand —
(will zu ihren Füßen sinken.)

Therese (verhindert's.) Was machen sie? — Kommen sie in meine Arme — (küßt sie) O könnt' ich doch ihre Leiden ganz enden! — Daß ich's doch könnte! — Aber lindern, so viel in meinem Vermögen ist, will ich — gewiß, meine Beste! —

Sophie (richtet sich empor, deutet gen Himmel, sieht sie weinend an, und fällt wieder an ihren Busen.)

Therese. Könnt' ich ihnen doch die Freyheit verschaffen, sie von aller ihrer Qual erlösen — wenn ich es mit meinem Blute, mit meinem Leben bewirken könnte! — Gerne wollt' ich mich für sie aufopfern —

Sophie (sieht sie traurig an, schüttelt mit dem Kopfe, deutet, daß sie's nicht zulassen würde.)

Therese. Ihr Zustand geht mir an die Seele; aber ich würde meinen Vater ins Unglück stürzen — und er ist doch ein so guter Vater.

Sophie. Ist er das? — Sie verdienen den besten Vater. Ach, ich war nicht so glücklich, meinen Vater zu kennen, er machte mich sehr frühe zur Waise, auch meine Mutter war mir nicht lange Mutter — in meinem siebenten Jahre entriß sie mir der Tod. Noch seh ich sie vor mir, wie sie, sterbend, mich an ihre Brust drückte, stillschweigend dem Himmel empfahl, und mit Thränen

Thränen mein Gesicht benetzte — Ach, vielleicht ahndete ihr schon das unselige Schicksal, welches ihre unglückliche Tochter einst niederdrücken würde! Ach, ich fühlte damals nicht die Größe meines Verlustes — (weint)

Therese. Ihr Unglück fieng sich sehr früh an — gleichsam mit der Geburt schon — O der Bösewicht, der sie verführte! — Wie wird er's einst verantworten können?

Sophie. Möchte jener Richter ihm alles vergeben haben, wie ich ihm —

Therese. Sie meynen, daß er schon gestorben sey?

Sophie. Gewiß, ist er — Würde er sechs Jahre lang gegen mein Leiden unempfindlich gewesen seyn? — Nein, kein solches Ungeheuer kann er nicht seyn! — (Lorenz bringt die Betten)

Stockfn. Da, liebe Jungfer! —
(legt sie hin.)

Therese. Legen sie sich einen Augenblick auf den Tisch. (sie geht, und legt die Betten auf dem Stroh zurechte. Lorenz hilft ihr)

Stockfn. Wird wohl mit dem Kopfe zu niedrig liegen — will meinen Rock unterlegen. (zieht seinen Rock aus, und legt ihn unter die Kissen.)

Therese. Guter Lorenz!

Sophie (sieht ihn dankbar an, und legt sich wieder auf den Tisch.)

Therese. Kommen sie, meine Liebe! — ruhen sie ein wenig. Ich will indessen etwas stärkendes zu Essen für sie machen lassen. Du sollst's bestel-

bestellen — zu Hause darf ich's nicht wagen vor meiner Mutter. (führt sie mit Lorenzen auf das Bette) So! — (legt sich nieder) Decken sie sich indessen mit dem — nachher will ich ihnen schon eine bessere Decke, frisch Stroh, weiße Wäsche, und andere Kleider bringen. Trösten sie sich — Von nun an soll ihnen nichts mehr abgehen, nichts als die Freyheit. Ach, wenn sie so unser lieber Landesfürst sähe! — Er ist so gnädig — wie manchem Unglücklichen hat er schon geholfen! Ja, wenn man so mit ihm reden könnte! — Ruhen sie hübsch. In einer halben Stunde bin ich wieder bey ihnen. Komm, Lorenz!

(geht ab.)

Stocken. Ades derweile, mit der Karbatsche sieht sie mich nicht wied.. vor ihren Augen. Ades.

(geht ab.)

Sophie (sieht ihnen nach, wischt sich die Augen, sieht gen Himmel.) Verklärter Geist meiner Mutter! Sieh herab auf diese unschuldige Verbrecherinn, deine unglückliche Tochter! Löse doch bald die Banden, die meine Seele noch fesseln — nimm mich zu dir — nimm mich zu dir, o meine Mutter! (sie legt sich nieder)

Der Vorhang fällt zu.

Zweyter Aufzug.

Ein gutes Zimmer, zusammengeräumt, mit zwey Tischen, und einem einzigen großen Lehnstuhl von Sammet.

Erster Auftritt.

Ein Hauptmann, ein Lieutenant von dem Stadt-Militair. Der Stockmeister, seine Frau, und Therese, alle in ihren besten Kleidern.

Stockmeister.

Nun wäre ja alles in Ordnung; (sieht sich um. Therese kömmt mit einer Kohlpfanne, und räuchert herum) so, meine Tochter, da hast du einen klugen Gedanken.

Frau. Gieb her, Therese — den Stuhl muß ich recht einräuchern. (sie geht um den Stuhl herum, und räuchert ihn oben und unten ein; beyde Officiers lachen.)

Stockmeist. Weib, bist du närrisch? — Was machst du denn da für Gaukeley mit dem Stuhle?

Frau. Wenn er etwa die hohe Ehre hätte, daß sich unser gnädigster Landesfürst —

Stockmeist. Ja, der wird dir gleich daher sitzen, du thust, als wenn der Fürst uns einen Besuch geben wollte! — Geh du Närrinn! —

(Therese geht mit den Kohlen ab)

Frau.

Frau. Du hältst mich auch für entsetzlich dumm.

Stockmeist. Wie du's auch in der That bist! —

Frau. Du hast auch immer was zu crimisiren — ich mach dir halt mein Tage nichts zu Danke! —

Stockmeist. (ruft.) He, Mathes! — (Mathes kömmt) Hier hat er die Schlüssel, geh er mit den Knechten hinunter, wartet im Gange; und daß ihr nur immer jeden Arrestanten hübsch in der Mitte unter euch haltet, geh er! —

Frau. Lieber Hans Joseph! ich möchte dich wohl um was fragen, aber du wirst mich wieder für dumm schelten —

Stockmeist. Nun laß doch hören; —

Frau. Wenn ich nur wüßte; — ich möchte gar zu gerne — eine Ehre erzeigen — nach Tische.

Stockmeist. Weib, bist du von Sinnen — geh, pack dich, du hast hier nichts zu thun —

Frau. Ach lieber goldner Mann! — ich will gerne nichts mehr sagen — laß mich nur da, ich will mich hier in Winkel stellen — ach lieber Himmel! ich glaube gar, er kömmt schon. (läuft geschwind in Winkel — die übrigen gehn zur Thüre.)

Zweyter Auftritt.

Die Mittelthüre wird geöffnet, es tritt der Syndicus und drey Rathsherren ein, alle vier in schwarzen Kleidern und rothen Mänteln, weißen Alongeperuken mit Degen. Der Syndicus hat einige Schriften unter dem Arm.

Stock-

Stockmeist. Unterthäniger Diener, mein hochweiser Herr Stadt-Syndicus, und meine hochweise Herren.

Syndicus. Ich dank' ihm, mein lieber — die Ehre hätte er sich wohl nicht träumen lassen, die heut unserm Amthause wiederfährt.

Stockmeist. Ja wohl, hochweiser Herr Stadt-Syndicus! — einen so großen Fürsten —

Syndicus (mit Wärme.) Ja, das ist er, das ist er, ein großer Fürst — und ein gnädiger Vater — Vater aller seiner Unterthanen, ohne Rücksicht der Stände, dem Geringsten so leutselig, so wohlthätig, als dem größten seiner Vasallen — welche menschliche Thaten hat er während seiner Regierung schon ausgeübt — Sie erheben ihn mehr, als die blutigen Kriege und stolzen Eroberungen seiner Nachbarn, und doch würden sie ihn auch als Held kennen lernen, wenn sie ihn einst zwingen, mit dem Schwerte seine Länder zu beschützen —

Stockmeist. Ich habe mein Wunder gehört, wie gnädig er in allen Spitälern gewesen, die er besucht hat, wie leutselig er mit jedem Kranken gesprochen, um alles sich erkundigt — sie getröstet — und gefragt — ob sie eine Klage hätten — ob sie was benöthiget wären. O! der liebreich' Herr!

Syndicus. Der ächte Sohn seiner glorreichen Ahnen! —

Frau. Ach Gott erhalt ihn doch viel hundert Jahre.

Syndicus (sieht sich um.) Ist das seine Frau?

Frau.

Frau. Zu ihren hohen Diensten, hochweiser Herr Stadt-Syndicus. (macht Knickse)

Syndicus. Er hat doch alles für die Arrestanten besorgt, wie ihm von Magistrats wegen anbefohlen worden? —

Stockmeist. Alles, hochweiser Herr Stadt-Syndicus, pünktlich — jedem Gefangenen ein gutes Pfund Rindfleisch mit Zugemüse, und ein Pfund Schöpsenbraten, ein Seidel Wein auf den Mann Mittags, und eins auf die Nacht — wann der Fürst wieder fort ist, sollen sie sich alle diesen Tag zu ehren was zu gute thun.

Syndicus. Nun das ist recht! —

Frau. Und ich habe ihnen allen eine Schüssel gedämpft Obst aus freyen Stücken zurichten lassen — dem lieben Gott, und unserm guten Fürsten zu Liebe.

Syndicus. Das ist brav, liebe Frau.

Stockmeist. Es wird wohl einer oder der andere von den Arrestanten seine Erlösung bekommen —

Syndicus. Das weis ich nun nicht — Er ist eben so scharf und gerecht, als er gnädig und großmüthig ist. (zu den Officieren) Gehen sie indessen zu ihrer Mannschaft, und halten sie sich bereit. (Die Officiers gehen ab.)

Therese (kömmt in Gedanken herein, mit einem Strauß von schönen Blumen in der Hand, bindet ein weiß und rothes Band um den Strauß, erschrickt, wie sie die Herren sieht.)

Syndicus. Gewiß seine Tochter?

Stock

Stockmeist. Ja, hochweiser Herr Stadt-Syndicus, nun was läufst du denn? jetzt bleib nur — Geh — küß dem Herrn Stadt-Syndicus die Hand. (sie nähert sich ihm, allein er läßt es nicht zu, klopft ihr sanft auf die Achsel, sie tritt wieder zurück.)

Syndicus. Ein hübsch Mädgen. —

Stockmeist. Und ein gut Mädgen — Noch hat sie mir keinen Verdruß gemacht — Sie ist meine ganze Freude — das einzige Kind — folgsam — und brav, steckt den Arrestanten manches in geheim zu, ich laß sie auch machen, thu, als merkt ichs nicht.

Syndicus. Nun, mein Kind, das ist alles recht schön — was mir ihr Vater sagt —

Therese. Der liebe Vater.

Stockmeist. Was willst du denn mit den Blumen? — willst dem hochweisen Herrn —

Therese (erschrickt, tritt einen Schritt zurück, die Augen niederschlagend.)

Syndicus. Ich versteh dich mein Kind — die Blumen sollen für jemand anders — für unsern —

Stockmeist. Du, Therese! du wirst doch nicht so frech seyn —

Therese. Ach, lieber Vater!

Syndicus. Laßt sie nur. Es wird ihm gefallen, er wird ihr gutes Herz, ihre unschuldige Liebe erkennen! — Vielleicht —

Stockmeist. Therese, Therese! wenn nur nicht —

Syn.

Syndicus. Sey er ruhig — Er muß bald kommen. (sieht nach der Uhr) Bald hätten wir nichts davon gewußt — Seine Excellenz, der Herr Obrist-Kanzler steckte es uns in geheim — heute früh im geheimen Rath hatte sich der Fürst von ungefähr merken lassen, daß er auch die Gefangenen besuchen wolle — ha, die Trommel wird gerührt — das wird er seyn. (gehen alle ab)

Frau. Jetzt kömmt er — jetzt kömmt er! — ach — zittern mir doch alle Glieder — Wenn ich nur nicht ohnmächtig werde; es ist doch so was — einen so großen Fürsten — ach, ach — wie mir das Herze pocht.

Therese. Warum ist denn die Mutter so furchtsam — sie kommen — Himmel sey mein Beystand. Stärke meine Zunge —

(sie tritt an die Seite.)

Dritter Auftritt.

Der Fürst nebst seinem Gefolge, welches in zwey Hof-Cavalieren mit großen Orden, zwey Generalen, zwey Kammerherren, und noch ein paar andern besteht, und die Rathsherren, nebst dem Stockmeister treten ein — Die Frau fällt ohnweit der Thüre auf die Knie, zittert. Etwas vorwärts zur Linken knieet *Therese* nieder, den Strauß vor sich in der Hand haltend — will reden, aber kann nichts herausbringen, der Fürst bleibt eine halbe Minute vor ihr stehen, endlich geht er liebreich auf sie zu —

Fürst.

Fürst. Steh sie auf, mein Kind, ist das für mich? (nimmt ihr die Blumen aus der Hand) Steh sie auf. (Therese steht furchtsam auf — tritt einen Schritt zur Seiten) Das sind schöne Blumen — (riecht daran) und so ein schönes Band — Hm — weiß und roth — meine Uniform! ey wie fein — hier solls wohl eine andere Bedeutung haben, die auf sie passen könnte, weiß und roth, — Unschuld und Freude — ists so? (Therese schlägt die Augen nieder, und sieht den Fürsten bald wieder mit offener Miene an —) Diese Bescheidenheit, und dann dieser aufrichtige Blick, der Dollmetscher ihres Herzens — ein angenehmes Geschenk — Blumen aus der Hand eines hübschen, eines unschuldvollen Mädchens; mir schätzbarer als Juwelen aus der Hand; — (riecht wieder) Nun — Nichts weiter, nicht auch ein kleines Anliegen — frey heraus, mein Kind —

Therese. Ihr Durchlaucht — (will wieder niederknieen, der Fürst faßt sie bey der Hand, hält sie auf, sie geräth in einen kleinen Taumel vor Verwirrung.)

Fürst. Warum zittert sie denn, mein Kind? ich bin ein Mensch wie sie — Nun — erhole sie sich wieder — wem gehört dieß Mädchen?

Syndicus. Sir! die Tochter des Stockmeisters. (deutet auf ihn)

Fürst (wendet sich zu ihm.) So? eure Tochter? (Stockmeister will niederfallen) Was soll das? ich kann diese Erniedrigung nicht leiden — steht auf! vor Gott muß man knieen — ihr seyd ein
glückli-

glücklicher Vater — (die Frau, die von hinten die Hände übern Kopf für Freuden zusammengeschlagen, und zu taumeln anfieng, fällt nun dem einen nahe bey ihr stehenden Rathsherrn halb ohnmächtig in die Arme.)

Therese (schreyt.) Gott, meine Mutter! (läuft auch hinzu, der Stockmeister auch, sie halten sie)

Fürst. Was giebts? (sieht sich um) Was fehlt der Frau?

Stockmeist. Anne, Anne, was ist dir? Dacht ichs nicht — sie würde —

Therese. Laß ers doch gut seyn, lieber Vater — (sie erholt sich)

Syndicus. Die Freude hat sie wirbelnd gemacht —

Fürst. Das begreife ich nicht.

Erste Hofcaval. Sir! Fürsten haben schon was an sich — das die Menschen hinreißt — Ihr Anblick — die Freude über das Lob ihrer Tochter — stand doch einst ein großer Gesandter, und ein andermal ein berühmter General bey der ersten Audienz einer ihrer glorreichen Vorfahren sprachlos und betäubt, was Wunder, daß diese Frau —

Stockmeist. Ach Sir! verzeihen sie gnädigst, ihre Leutseligkeit ist so fürchterlich, als —

Fürst. Laßts gut seyn, laßts gut seyn, lieber Mann! Nun, ists besser, gute Frau? es ist mir leid, daß ich Ursache bin — kommet, ich will die Gefangenen sehen — Adieu, liebes Mädchen! Besinne dich indessen, ob ich dir vielleicht einen Gefallen erweisen kann. (geht ab, und alle ihm nach)

Sophie.

Vierter Auftritt.
Frau, und Therese.

Therese (hält ihre Mutter noch im Arm, und sagt:) Liebe Mutter! was ist ihr denn so plötzlich zugestoßen?

Frau. Ich weis selbst nicht, wie mir auf einmal ward. Ach der liebe Herr — wie er so gnädig, so liebreich mit dir sprach — dich so lobte — ach, da war mir, als wenn mir eins das Herz zusammenpreßte — die Luft vergieng mir — die ganze Stube lief mit mir um und um —

Therese. Ich glaub ihrs gerne — ich weis, wie mir auf einmal ward, als er mich bey der Hand hielt, ich hätte kein Wort aus mir bringen können, und wollte doch so viel reden; das Blut schoß mir auf einmal ans Herz und ins Gesicht — so groß, — so gnädig, so freundlich — und so ein schöner Herr — ach!

Frau. Ach der liebe Herr, der schöne Herr! Gott erhalte ihn — ich will ihn täglich in mein Gebeth schließen. (gehen alle beyde ab)

Fünfter Auftritt.

Ein Gang mit vielen Thüren, die zu Gefängnissen führen, hinten zu steht der Schließer, und die vier Stockknechte in Hemden und rothen Leibchen, auf beyden Seiten stehen Reihen von Soldaten, links der Lieutenant, und rechts der Hauptmann mit ihren Partesans, der letzte commandirt — Acht — präsentirt das Gewehr — sie präsentiren — Der Fürst — und die Vorigen, alle treten ein.

Fürst.

Fürst (zum Syndicus.) Aber worzu so viel Umstände?

Syndicus. Unsere Pflicht, Sir! theils unsere Ehrfurcht — theils Sicherheit für die hohe Person unsers Durchlauchtigsten —

Fürst. Beydes überflüßig. — Sind die Gefängnisse alle voll?

Syndicus. Gott Lob! nicht die Hälfte — nach höchstem Befehl lassen wir die armen Leute nicht allzulange im Kerker schmachten, ihr Bekenntniß, und denn auch gleich ihr Urtheil.

Fürst. Gut — das Leben im finstern Kerker ist doch kein Leben — Nun ich will doch einige sehen — Wie machen wirs — soll ich in eines jeden Kerker hineinkriechen?

Hofcaval. Sir! Sie können ja herausgeführet werden —

Fürst. Auch das. Nun —

(Der Stockmeister winkt seinen Leuten, der Schließer und die vier Stockknechte treten vor; ersterer schließt auf, und gehet mit ihnen hinein, der Stockmeister bleibt nahe am Gefängnisse stehen. Sie kommen mit dem jungen Menschen heraus, der geschlossen ist, bey der Thür aber werden ihm die Fesseln abgenommen, und er wird vorgeführet, zwey Stockknechte stehen ihm vorwärts, und zwey hinter ihm zur Seiten, der Stockmeister bleibt nahe bey ihm.)

Fürst. Der hat früh angefangen — er scheint noch jung zu seyn! —

Syndicus. Und gleichwohl hat er es schon so weit gebracht —

Fürst. Worinnen besteht sein Verbrechen?

Syndicus. In Betrügereyen und Diebstählen.

Der Junge. Meine Mutter ist schuld an allem — (weinerlich)

Fürst. Der Sohn klagt seine Mutter an —

Der Junge. Ja, sie verzärtelte mich. Schon in meinem zehnten Jahre legte sie den Grund zu meinem Verderben. Sie wollte einen Geistlichen oder einen Advocaten aus mir machen — ich hatte keine Lust, und auch kein Talent zum Studieren, aber ich mußte. — Sie gab mir einen Lehrer, der mir nichts sagen durfte, hielt ihn zurück, wenn er mich strafen wollte, schob die Schuld auf meinen lebhaften Geist. Mein Bruder war auch in seiner Jugend ein liederlicher Zeisig, sagte sie oft, und ist jetzt doch ein reicher Advocat — ich hörte es an, und stützte mich darauf — mein Vater selbst, wollt er nicht immer Zank und Streit mit ihr haben — wards endlich müde, grämte sich und starb, als ich nur funfzehn Jahr alt war, ach — auf seinem Todbette — prophezeyhte er ihr mein Unglück.

Fürst. Mütter, Mütter! gemeiniglich ist die Verzärtelung der Fall eurer Kinder, die soll die Strafe ihrer verwahrloßten Erziehung fühlen! — Sie wird ein Beyspiel für Aeltern und Kinder.

Syndicus. Den Bruder seiner Mutter, einen Einnehmer in Mähren, dem er 1500 fl. aus der Fürstl. Casse entwandt, hätt er bald um den Kopf gebracht — zur rechten Zeit wurde er ertappt — dieses Diebstahls, und anderer niederträchti=

trächtigen Bübereyen und Verbrechen überwiesen.

Fürst. Fort mit ihm, die Gesetze wollen ihren freyen Lauf haben — (wird abgeführt) Eine meiner wichtigsten Gegenstände sey der Plan der Erziehung. Nur dadurch kann ein Fürst gesittete Unterthanen erwarten —

(man bringt den Gelehrten)

Sechster Auftritt.

Man hat indessen den Pasquillanten herausgebracht, der Fürst sieht sich um.

Fürst. Warum seyd ihr hier? (der Pasquillant sieht gen Himmel) Nicht wahr, ihr seyd unschuldig?

Hofcaval. Ohngeachtet seines großen Bartes scheint mir der Kerl bekannt zu seyn — (sieht ihn starr an, der Pasquillant sieht ihn kriechend an.)

Syndicus. Es ist Herr Wurmich — ein großer Mann, der viel Aufsehens gemacht — ein Gelehrter.

Fürst. Ein Gelehrter? Und sitzt hier?

Syndicus. Er ist der erste Pasquillenschreiber von Europa.

Fürst (zornig zum Syndicus.) Einen Pasquillanten erheben sie zum Gelehrten? Schämen sie sich — man sieht wohl, daß sie kein ander Buch als ihr Corpus Juris durchblättert haben — ein mechanischer Rechtsgelehrter, und weiter nichts!

Hofcaval. Sire! ein unverschämter Bube; er ist der Verfasser der famosen, sogenannten geschriebenen Zeitung, worinnen er Bürger, Hofleute, Geistliche, Minister —

General. Auch Soldaten? da soll ihn der Teufel —

Hofcaval. Selbst gekrönte Häupter durchhechelt.

Fürst (lächelnd eine Priese Tabak nehmend.) Ein Satyriker also?

Hofcaval. Der Uebersetzer von einigen der obscönsten französischen Schriften, die er Leuten von unverdorbenen Herzen in die Hände zu spielen gesucht; der Verfasser von den zwey bekannten, und durch den Henker verbrannten Schriften, worinnen er Religion und Monarchie auf die abscheulichste Art lästert — voll von Principien der Freygeister und Rebellen. Der Freche, der mit seinem Anhang von jungen Leuten, die er durch seine gottlosen Grundsätze schon verführt hatte, auf Weinkellern und Caffeehäusern herumgieng, um öffentlich über gute Sitten, Staat und Religion zu spotten. Kurz, der nur beflissen war, Herz und Sinne zu vergiften.

Fürst. Du Elender!

Pasqu.ill. Sire! — ich werd' in ein falsches Licht gestellet, das Verbrechen, dessen man mich beschuldigt, besteht in meinen Bemühungen, Fanatismum und Vorurtheile zu bestreiten.

Fürst. Man kennet diese Sprache — Tugend und Religion sind Vorurtheile bey diesen Seelenmördern; bey Nebenumständen und Ceremonielfanfangen sie an, wo ihnen denn öfters, und natürlicher Weise die Vernunft Recht sprechen muß — allein, haben sie einmal mit diesen scheinbaren Gründen im menschlichen Herzen Grund gefaßt, so verfolgen sie den Faden ihrer boshaften Absicht bis zum Endzweck, verwirren die Sinne durch einen giftigen Mischmasch von Zweifeln und Nachdenken — vertheidigen Dinge, welche Religion und Gesetze mit Strafe belegen, machen Schandthaten, Laster und Verbrechen zu Ausschweifungen, und endlich gar zu natürlichen Schwachheiten, die dem Menschen von Natur anhängen, und so gehen sie Grad vor Grad in ihrer scheußlichen Lehre, bis sie ihre Absicht erreicht — der Körper zur Weichlichkeit und Wollust gereizt, gewöhnt, — der Geist durch paradoxe Systeme verderbt und verwildert, der Mensch zum Unding — und bis unters Vieh herabgesetzet wird.

Pasquill. Ihro Durchlaucht nehmen die Sache auf der strengsten Seite. Die Noth, und der wankelmüthige Geschmack von Deutschland, trieb mich auf diese Bahn.

Fürst. Genug — fort, Teufel, der du deinen Geist zu Bosheiten erniedrigtest — fort —

(wird abgeführt)

General. Die Gelehrsamkeit ist doch auch öfters schädlich — die Wissenschaften machen öfters auch Bösewichter! —

Hofcaval. Nur der Mißbrauch der Wissenschaften selbst — die meisten Menschen fangen da an — wo sie hätten aufhören sollen. — Sie wollen gleich selbst alle große Geister werden, ohne vorher einige Theorie der Wissenschaften gelesen zu haben, und denn gehts ihnen wie dem Icarus —

General. Ich kenne ein halbes Dutzend Gelehrte, die alle böse Herzen haben.

Hofcaval. Und ich ein Dutzend von ganz vortrefflichen Herzen! —

Fürst. Die Wissenschaften sind die Stützen des Throns, der Grund zur menschlichen Wohlfahrt — allein eine starke Reform ist in manchen Staaten nothwendig. Nun — mit der Zeit will ich auch dieß große Werk zu Stande bringen. (Mutowsky wird herbeygebracht — den die Knechte stark umringen.)

Mutowsky (im Herausgehen.) Nun was giebts Neues? — ihr Flegel! War kaum ein wenig eingeschlafen — Was sind das für Leute? — auch Soldaten dabey — Ah, gehorsamster Diener, Sir — 's freut mich, 's freut mich, daß ich noch vor meiner Abreise aus der dummen Welt die Ehre habe — Sie wollen mich auch kennen lernen? — Nun das ist brav — ich weis, und hab mirs oft erzehlen lassen, was für ein großer Soldatenfreund sie wären — hab oft mit meinen Subalternen ihre Gesundheit getrunken — oft gewünscht, daß es wieder einmal was absetzen möchte, gleich wäre ich wieder darbey geweßt — so alt ich auch schon bin; und hol mich der Teufel, dann wärs gut gegangen. Mein Seel, es ist immer mehr Ehre — wenns heißt — das ist ein tapferer Fürst, als wenn man sagt, 's ist ein gelehrter Fürst. —

Hofcaval. Was der Kerl für ein fürchterliches Gesicht hat!

Mutowsky. Freylich kein solch bezuckertes Mandeltorten-Gesicht, wie die geschminkten, parfumirten Gipsfiguren da: ein ächtes Soldaten-Gesicht, wie es Strapaze, Wind und Schnee — Hitze und Frost fabriciret haben; Commisbrod, Rindsbraten und eine tüchtige Flasche Brantewein, geben den Knochen mehr Kräfte — als ein Hühner-Frikassee, Pisquit, und Muscatenwein — machen den Geist substantiös! — Solche Puppen da, in der Sonne schmelzen sie, und ein kalter Nordwind schrumpft sie wie alt Leder zusammen.

General. Ein verfluchter Kerl — aber er gefällt mir!

Fürst. Wer seyd ihr?

Syndicus. Es ist der berüchtigte —

Mutowsky. Stille — kanns selber sagen — mein'n Namen mehr Gewicht geben, als der Herr mit seiner dreyknötigen Peruque.

Stockmeist. Unverschämter! —

Mutowsky (ballt die Faust gegen ihn.) Du!—

Fürst. Laßt ihn.

Mutowsky. In Ungarn, Dalmatien, Oestreich, Mähren, Polen, selbst in der Türkey, nennte man mich mit vielem Respekt, und allenthalben zitterte und bebte man vor meinem Namen — ich bin Mutowsky! (stolz) Die Herren von Ragusa setzten 300 Zechinen auf meinen Kopf — der Senat zu Venedig 500. Aber es konnte sie niemand verdienen — auch in ihren

Staaten hatte man starken Appetit nach mir — aber sie mußten auch mit hungrigen Magen abziehen.

General. Mutowsky? Anno 40. hatte ich einen Feldwebel unter meiner Compagnie, der einst in einer Attaque einen außerordentlich verwegenen Streich ausübte —

Mutowsky (aufmerksam und feurig.) — der, als der Feind sich nicht retiriren wollte, aus dem vordern Gliede sprang, und den feindlichsten Obristen, am Gliede seiner Soldaten, vom Pferde riß, und wie eine Katze auf dem Buckel zu den Unsrigen herüber brachte? Ja, Herr! das war ich, das war Mutowsky. —

Fürst. Ich erstaune.

Mutowsky. Willkommen, weyland Herr Hauptmann! mich freuts, sie zu sehen — und wie ich merke, brav avancirt — das freut mich zweymal — 's ist ein braver Soldat, hab oft meine Freude an ihm gehabt — wenn ich so an seiner Seite, mit ihm unter den Feinden herum metzelte — unsere Monturen waren manchmal von Blut und Staube ganz marmorirt. So gehts in der undankbaren Welt — nach meiner Bravour stieg ich bis zum Unterlieutenant — Nachher, bey der Eroberung von Schweidnitz, war ich der erste über die Leiter — mähete da brav vor mir her, und machte meinen Cammeraden Luft. Was war mein Lohn? Ich hatte die Ehre, mit dem General zu speisen, meine Gesundheit trinken zu sehen, und mir mit einer Hauptmannsstelle zu schmeicheln — aber wie's drunt und

und dran kam — wurde mir ein schönes niedliches Herrchen, mit Recommendationen von Vettern und Basen, Onkeln und Tanten auf die Nase gesetzt — aber was wahr ist, bleibt wahr: ein allerliebstes Pürschchen war es — weiß und roth wie Milch und Blut, gedrechselt wie eine Puppe, und ein Held — der hat Eroberungen gemacht — sein Zelt hieng voll Siegeszeichen — Uhren — Etuis — und Portraits von schönen Damen.

Fürst (zum General.) Ein verdammter Kerl. (lächelnd)

General. Mein halbes Vermögen gäb ich drum, wenn ich ihn retten, und dreyßig Jahre zurückkaufen könnte.

Fürst. Nun weiter. —

Mutowsky. Das fuhr mir nun wie Niesepulver in die Nase, und machte mich dämisch — ich gieng zum Feind über, da gefiel mirs nun gar nicht, marschirte wieder ab, und schlug mein Hauptquartier in Polen auf: in einem halben Jahre war ich Commendant von 300 tapfern Brüdern, die sich bald auf 500, und endlich bey dem Conföderationskriege auf 1600 Mann vermehrten — aber hol sie der Teufel — Sie raubten und plünderten einander aus lauter Patriotismus das Ihrige, ich folgte ihrem Exempel, und nahm ihnen das wieder weg, was sie andern genommen hatten; ich retirirte mich alsdenn, theilte mein Commando — nach Ungarn, Polen und die türkische Gränze — und eben als ich jetzt wieder zum polnischen Reichstage marschiren wollte, um da noch was zu fischen, trieben mich die Teufels-Hannacken so in die Enge, bis ich einem Commando Dragoner 5 Meilen von hier in die Hände gerieth.

Fürst. Wie stark ist deine Bande in meinen Staaten?

Mutowsky. Ja, Sire! jetzt nicht viel über 200, denn die ausgestellten Commandos haben uns verteufelt berupft. In der vorigen böhmischen Bauerrevolution trennten sich auch einige — aber auch die niederträchtigsten. Sie schrieben mir bald, mich auch einzufinden — aber ich schlugs ab — Denn die Dreschflegelhelden fielen gleich mit der Thüre ins Haus; die dummen Kerls hatten die Hände mitgenommen, und den Kopf daheim gelassen — schnitten sich Wunden in ihr eigen Fleisch, und müssen sich nun mit Salz und Scheidewasser heilen lassen —

Fürst. Schade um den Kerl, daß er seinen Muth und seine Klugheit auf so eine Art entehrt hat.

Mutowsky. Nun, meine Rolle ist aus, und bins ganz wohl zufrieden, daß ich hier bin, weils doch einmal nicht anders ist. Zum erstenmal, daß ich ausruhen kann; ich gehe auch gern aus der Welt, wo immer und ewig Friede ist, und die Fürsten zu Hause bleiben, und alles mit der Feder ausmachen. Der Degen ist mein Element, ich habe mein Tage keinen Finger mit Dinte beschmiert; heutiges Tages muß einem braven Kerl das Herz im Leibe faulen — hol mich der Teufel, 's ist wahr.

General.

General. Ich bin ganz versteinert. Fünfhundert solche Männer und ich, jagen den Teufel aus der Hölle —

Mutowsky. Zwey Streiche freuen mich noch — Vor zwey Jahren ließ ich einen Grafen, der seine Unterthanen und Beamte bis aufs Blut quälte, um seinen übertriebenen Aufwand zu bestreiten, eben an dem Tage, da er einen armen Pachter todt prügeln lassen, aus seinem Schloßfenster herabstürzen; und ein andermal jagte ich einem tollen Obristen, der seine Untergebenen wie die Hunde tractirte, eben als er zu seiner Maitresse reiten wollte — eine Kugel durch den Kopf! —

Fürst. Ich kann mich der Thränen nicht enthalten — Gott! solche außerordentliche Gaben — die die Quelle zum Schutze, zur Ruhe des Vaterlandes hätten seyn können — so zu mißbrauchen! —

Mutowsky. Was seh ich, Sir! sie sind gerührt! — Ha, ich versteh's, 's ist ihnen leid um mich — Sie wollen — aber können mich nicht retten — ich weis, ob ich gleich nichts von den juristischen Firfarereyen verstehe, daß mir nicht mehr zu helfen ist — schon 39 sind auf mich gestorben — jetzt ist die Reihe an mir — es sey — werd nicht zittern, wenn mir Arm und Bein zwiefach entzwengeschlagen werden, kein Zug in meinem Gesichte soll Schmerz verrathen; wie ich gelebt habe, will ich sterben. Nur nicht lange in dem Loche da zu sitzen, und die paar Wochen hindurch mit gut Essen und Trinken zu versorgen, damit ich Kräfte zum Radebrechen erhalte —

nun

nun fort aus der zaghaften Welt — ich empfehle mich ihnen — Adieu, weyland Herr Hauptmann. Nun kommt, ihr Hunde! (nimmt unter jeden Arm einen Stockknecht, und trägt ihn ins Gefängniß ab.)

Fürst (sieht den Cavalier und General an.) Was halten sie von dem Geiste dieses Mannes?

General. Ein außerordentliches Geschöpf, so seltsam wie ein Comet! —

Hofcaval. Wenn sein Geist, seine rohen Tugenden durch gute Erziehung erst ausgebildet worden wären —

Fürst. Ausgebildet? — Vielleicht wäre dieser Geist in einer allzusclavischen Erziehung im Aufkeimen auch erstickt worden — Noch verstehn wir diese Kunst nicht recht. Wir Deutschen haben ziemlich viel ähnliches mit den alten Griechen, nur ihre Lehrer fehlen uns noch; besonders weis ich mich nicht zu erinnern, nur von einem weisen Pitheus gehört zu haben; Theseus und Hypolite mögen wir schon gehabt haben. (zum Syndicus und Stockmeister) Es soll ihm an nichts fehlen — ach daß ich mehr für ihn thun könnte!

General. Sir! ich bitte mir die Erlaubniß aus — ihn von meiner Tafel versorgen zu dürfen; er war Soldat — und brav — sein unbezähmter Geist führet ihn auf diese unglückliche Bahn, nicht niedrige Bosheit —

Fürst. Ich bins zufrieden — Vor heut habe ich genug, wir wollen gehen, ein andermal — (Der Stockmeister knieet nieder, und indem kömmt Therese, die sich öfters unter vorigen Auftritten im

Hintergrunde ängstlich gezeigt hat, gleich hervor, und fällt neben ihrem Vater nieder.)

Stockmeist. Nur noch eine Gefangene —

Therese. Eine sehr Unglückliche, erbarmen sie sich ihrer um Gottes willen!

Fürst. Seltsam! — Wohl, ich will sie sehen — (der Stockmeister geht hinein, und bringt Sophie heraus.)

Sophie (faltet die Hände.) Himmel, verleihe meiner Zunge Stärke! — Hier lieg ich zu ihren Füßen, großmächtigster Fürst. Fleh um Erbarmen, um Gerechtigkeit.

Fürst. Erbarmen und Gerechtigkeit, die soll sie haben, auch Hülfe, wenns ohne Verletzung der Gesetze geschehen kann, steh sie auf —

(Therese steht zurück, schickt dann und wann Seufzer zum Himmel.)

Sophie (die mit Hülfe der Therese und des Stockmeisters aufsteht.) Darf ich ihnen ein Geheimniß offenbaren, Sir?

Fürst. Ein Geheimniß? — (sieht die andern an) rede sie frey, ohne Zurückhaltung —

Sophie. Ich bin von adelichen Aeltern in Ungarn gebohren: schon in meiner frühen Jugend verlohr ich sie. Man übertrug meine Erziehung der Sorgfalt frommer und vermögender Leute. In meinem zwanzigsten Jahre lernt' ich einen jungen Mann kennen, dessen erster Anblick Eindruck auf mein Herz machte. Er erklärte mir seine Liebe, und ich konnte sie nicht ausschlagen. Unsere Vermählung, die ich für mein größtes Glück ansahe, ward vollzogen. Nach einigen Jahren

ren mußte ich auf sein Zureden meine Güter verkaufen, um mit ihm nach Wien zu reisen, wo wir stille und eingezogen, aber doch glücklich lebten. Drey Kinder wurden die Zeugen unserer Liebe, und ich weihete ihm meine ganze Zärtlichkeit, als mir plötzlich mein Gemahl von der Seite gerissen, und ins Gefängniß gebracht wurde. Betäubt und hülflos suchte ich die Ursache dieses harten Verfahrens zu erforschen: aber, weh mir! ich erfuhr, — er sey mit einer andern Frau in Mähren verheyrathet; da lag ich nun von allen verlassen, hätt ihn gern gerettet, und vermochts nicht. Ein Weg war mir übrig, aber schrecklich war er. Doch aus Zärtlichkeit für meinen Mann, aus mütterlicher Liebe für meine Kinder, ihnen einen Vater zu erhalten, entschloß ich mich standhaft, mich für ihn aufzuopfern. Ich erschien vor Gericht, bekannte mich in Gegenwart meiner Feindinn für schuldig, und behauptete, die Rechte einer Frau auf eine schändliche Art genossen zu haben; aber das sättigte ihre Rache nicht: sie fuhr fort, ihren Mann der Bigamie zu beschuldigen; man nahm mir meine Kinder aus den Armen, wohin sie gekommen, weis ich nicht. So viel nur ist mir bekannt, daß man ihr das Recht auf ihren Gemahl ertheilte. Ich ward auf ihr Verlangen hier eingesperrt, und hart gezüchtiget — meine Verzweifelung brachte mich zu den schrecklichsten Entschlüssen — doch widerstand ich noch, aber bald, hoff ich, soll der Kummer das vollenden, was die Unmenschlichkeit meiner Verfolger über mich beschlossen hat.

Fürst.

Fürst. Eine außerordentliche Geschicht (nach einer Pause) wenn sich das alles so verhielte —

Syndicus. Der Anfang ihrer Erzehlung ist mir fremde, das übrige, was ihren Proceß betrifft, ihr eigenes Geständniß — bis auf den darauf erfolgten Urtheilsspruch trifft alles pünktlich ein — aber von ihrer adelichen Geburt, wie sie vorgiebt, ist nichts erwähnt. Sie gab sich für eine gemeine Bürgerstochter aus Niedersachsen aus.

Sophie. Sollte ich meine Anverwandte, den Rest meiner Familie, auch mit in meine Schande gezogen haben, da ich aus Zärtlichkeit, aus liebevollem Mitleid alle meine zeitliche Glückseligkeit aufopferte, so entsagte ich zugleich auf immer dem glänzenden Vorrechte adelicher Geburt, ach! ich glaubte nicht, daß ich so lange leiden würde.

Fürst. Unglückliche Frau! wie sehr rühret mich ihr trauriges Schicksal! (wischt sich die Thränen ab) ihr angebohrner Geschlechtsname ist? —

Sophie. von Barkerode.

General. Barkerode? ich hatt' einen Freund, einen Bruder, darf ich sagen, der mir im letzten Kriege große Dienste leistete, er war Obrister unter unsern Truppen, sein Sohn, ein hoffnungsvoller Jüngling von ohngefähr achtzehn Jahren, Lieutenant.

Sophie (mit Thränen.) Mein Vater und mein Bruder! Kaum erinnere ich mich, sie gekannt zu haben, ich war fünf Jahr alt, als ich sie das letztemal sahe; gleich im andern Feldzuge opferten

Sophie. beyde

beyde ihr Leben für ihr Vaterland und ihren Fürsten auf. Sie blieben auf dem Wahlplatze —

General. Ja, Vater und Sohn, beyde an einem Tage, o meine Tochter! unglücklicher Rest meines theuren Freundes! muß ich sie in diesem Zustande wieder finden! (umarmt sie zärtlich) in so niedrigem Elende, so herabgewürdiget, wieder finden? (wischt sich die Augen) Verzeihen sie, Sir! — aber ich sehe, ihr vortreffliches Herz ergießt sich gleichfalls — das ist das erstemal seit dem Tode ihres trefflichen Vaters, daß ich weine — nun, meine Tochter! — meine Freundinn, das sollen sie mir seyn — und so glücklich, als — mir möglich seyn wird, sie zu machen.

Sophie. Für mich sind alle Freuden der Welt dahin — nur eins wünschte ich mir noch vor dem Ende meines Lebens, das nicht weit mehr entfernt seyn kann, meine Kinder — meine armen unglücklichen verlaßnen Kinder zu sehen; sie an diesen mütterlichen Busen zu drücken. (die Thränen ersticken ihr die Stimme.)

Fürst. Wenn sie zu erforschen sind, wenn sie noch leben; — die strengste Nachfrage soll — doch sie sollten es ja wissen, wohin sie gekommen sind? —

Syndicus. Beyde Söhne sind in das fürstliche Soldatenstift gebracht worden, und die kleine Tochter hat ein Tischler zu sich genommen.

Sophie. O meine Kinder! ich werde sie wieder sehen.

Fürst. Ein Tischler? — ist der Mann von Vermögen?

Syn-

Syndicus. Er hat nicht viel zum Besten. —

Fürst (zornig.) So? ein armer Mann nimmt sich einer verlassene Waise an? Und ihr, die ihr im Ueberflusse prasset, ihr könnt hart, unmenschlich, grausam seyn? O Schande! ihr! die ihr Vorgesetzte, Väter der Stadt seyn wollet — wie beschämt, wie erniedrigt euch solch ein Beyspiel! — Wohl — er soll's erfahren, wie schätzbar, wie lieb mir die Tugend in der Hülle der Niedrigkeit ist.

Sophie. Sire! meine Kinder —

Fürst. Beruhigen sie sich — all' ihre Wünsche sollen befriediget werden! — wie wollen sie künftig leben?

Sophie. In einem Kloster, Sire! wenn sie glauben, daß die ohne meine Schuld auf mir ruhende Schande, die Würde eines gottesdienstlichen Zufluchtorts nicht verletzet.

General. Nein, in meinen Armen, meine Tochter, sollen sie künftig ihre Tage beschließen, mir die Augen zudrücken, und als meine einzige Erbinn, wie eine gute Mutter für ihre Kinder sorgen —

Sophie. Göttlicher Mann! Ebenbild meines Vaters! Bleiben sie Vater und Retter meiner Kinder. Auch in ihnen wallt das Blut ihres Freundes; mich reizt das Leben nicht mehr, bald ist der Faden zerrissen.

Fürst. Und der Elende, der Niederträchtige, die Urquelle alles ihres Jammers.

Sophie. Verschonen sie mich mit diesen schmerzlichen Erinnerungen, Sir!

Fürst.

Fürst. Hat er ihnen während ihrer Gefangenschaft keine Hülfe, keinen Beystand geleistet, auf ihre Rettung nicht gedrungen? —

Sophie. Der Unglückliche! Seine Gewissensbisse, ein grausames rachgieriges Eheweib wird dem Aermsten längst sein Leben verkürzt haben — vielleicht hat er eben so viel gelitten, als ich — er ist dahin, bald werd ich ihn in der Ewigkeit wieder finden. O, noch jetzt freue ich mich, ihn wenigstens aus den Händen des Scharfrichters befreyt zu haben. (feurig)

Syndicus. Noch lebt er, dem Anscheine nach glücklich.

Sophie (im höchsten Feuer.) Er lebt, Broschalka lebt?

Fürst. General und Cavalier Broschalka!

Sophie. Er lebt? Glücklich? Ach! alle meine Leiden reichen nicht an dieß Gefühl — diese Grausamkeit! — Undankbarer! ich rettete dich vom Schaffot, und du ließest mich, ohne nach mir zu fragen, hülflos sechs ganzer Jahre als eine schändliche Verbrecherinn schmachten, mißhandeln — unschuldig — ach dieser Grad von Undankbarkeit — Ha — Broschalka, Broschalka! (fällt ohnmächtig nieder)

Therese. O mein Gott! o mein Gott! sie stirbt — (springt ihr bey)

Fürst. Kein Wunder wär's, wenn ihr dieser Streich das Leben verkürzte —

Stockmeist. (zu einem Stockknecht.) Hole geschwind Essig — o die arme Frau.

Fürst. Hier ist Eau de luce, geschwind einen
Medi

Medicum, einen Wundarzt. (geht auf und ab ganz bewegt) Gütiger Himmel, ist es möglich? Ein solches Ungeheuer in der Welt? in meinen Staaten? — (stampft vor Zorn auf den Boden) warte, Bösewicht! du sollst die Größe deiner Abscheulichkeit unter der Hand des Henkers fühlen —

Cavalier. Er ist mit seiner Frau eben in der Stadt, wegen eines Kaufhandels um ein Gut, das — (der Stockknecht bringt in einer Caffeeschaale Essig nebst der Frau.)

Fürst. Gleich soll man sie arretiren, und in dieses Gefängniß kreuzweis geschlossen werfen — ohne Aufschub — (einer von den Rathsherren geht ab, der Lieutenant mit vier Mann, und der Schließer, folgen ihm.)

General, (der gleichfalls um Sophien beschäftiget ist, und sie in seinen Armen hält.) Meine Tochter — komm zu dir — erhole dich! — (Therese weint und ist beschäftigt. Der Fürst reibt ihr den Puls und die Schläfe mit Essig.)

Fürst. Gebt her! —. (er tunkt sein Schnupftuch ein, und reibt sie.)

Alle (rufen.) Sie selbst, Sir.

Stockmeist. u. Therese. Gott! welch ein Herr!

Fürst. Soll ich weniger Mensch seyn, als ihr?

(Sophie giebt Zeichen des Lebens von sich)

Alle. Sie kömmt wieder zu sich.

Fürst. Gott Lob! (zu ihr) Erhole sie sich — meine Liebe — (Sophie schlägt die Augen auf)

Therese. Wir haben sie wieder, Sire! Sie haben sie ins Leben zurückgebracht —

Cava-

Cavalier (zum Fürsten, der auf und ab geht.)
Sire! ich wünschte, sie wären um sich selbst besorgt.

Fürst. Laßt mich. Sind Wagen da?

Cavalier. Ja, Sire!

General. Ich will sie zu mir in mein Haus nehmen.

Fürst. Ja, das thun sie, lieber gutherziger Alter, braver Soldat und Mensch! so muß, so soll es seyn — wie ist ihnen, arme Frau? seyn sie ruhig, heute, ich geb ihnen mein Wort — alles, alles will ich nach ihrem Wunsche besorgen lassen, kommen sie von diesem Orte hinweg — bald sollen sie ihre Kinder bey sich haben. —

Sophie (will sich niederwerfen.) Sire!

Fürst. Nicht doch, meine Beste.

Sophie, (da sie Theresen wahrnimmt.) Ach meine Freundinn, meine Wohlthäterinn.

Fürst. Ihre Wohlthäterinn? dieses liebe Mädchen?

Sophie. Ohne sie wäre ich vielleicht nicht mehr, in den letzten Tagen stärkte sie mich —

Therese. Warum lernt ich sie nicht eher kennen? ich war erst aus dem Kloster —

Fürst. Also bin ich zwiefach dein Schuldner.

Therese (mit Feuer.) Das war mein Anliegen, schon haben sie mir alles gegeben, alles gethan, was ich wünschen konnte.

Fürst. Engel, und kein Mädgen! — glückliche Aeltern! ich werde nichts vergessen.

Stockmeist. und Anne. O meine Tochter! du Freude deiner Aeltern, (an ihrem Halse)

Fürst.

Fürst. Nun läßt's gut seyn — Alter Freund, nehmen sie ihre neue Tochter — kommen sie —

Therese. Ich verlasse sie nicht, ich bleibe bey ihnen. (Sophie küßt sie)

Sophie. Noch eine Gnade! die Ketten, an die ich sechs Jahr geschlossen war, die Peitsche, womit ich so oft mißhandelt worden, und das Geschirr, woraus ich gegessen, möcht ich mitnehmen, um mich meiner Leiden manchmal zu erinnern, auch sollen sie das Erbtheil meiner Kinder seyn. —

Fürst (winkt, daß sie es herbeyholen.) Allgütige Vorsicht! ewigen Dank, daß du mich heute zu Ausübung eines solchen Werks erleuchtetest. O führe mich oft in die verborgene Winkel, wo Unschuld und Tugend seufzt, laß die Pflichten meiner Würde thätig und wirksam seyn. (man bringt die Eisen, die Peitsche, und ein Töpfchen, nebst einem Löffel.)

Sophie (nimmt es, hebt es in die Höhe, küßt die Kette. Auf den Knien) Barmherzige Gottheit — diese Thränen — nimm mein Gebeth, mein Seufzen —

Fürst. Nun kann ich nicht mehr, kommt! — (geht ab. Der General und Therese führen Sophien, die noch einmal nach ihrem Kerker zurücksieht — und mit ihnen abgeht.)

Alle (rufen dem Fürsten nach.) — O, der gnädige, der huldreiche Fürst, der Menschenvater! Segen, ewiger Segen auf ihn, (und so folgt alles, das Militair auch, und es fällt der Vorhang zu.)

Dritter Aufzug.

Ein fürstliches Audienz-Zimmer mit großen Thüren. Bey jeder Thüre stehen zwey Mann von der Garde, bey der Mittelthüre vier. Einige Cavaliers gehen auf und ab.

Erster Auftritt.

Der diensthabende Kammerherr, und einer von den Hofcavaliers, die im vorigen Acte den Fürsten begleiteten.

Kammerherr.
Der geheime Rath wird heute also früh geendiget, und ich glaube, die öffentliche Audienzstube wird gleichfalls verkürzt werden.

Hofcaval. Wahrscheinlich, die Hälfte wird wohl die Broschalkische Affaire wegnehmen! — Ey ey! ich möchte um der schönsten Grafschaft willen nicht in seiner Haut stecken.

Kammerh. Wer weis, wie die ganze Sache zusammenhängt. — Wenn er sich nicht rechtfertigen kann, so wird's freylich schlimm mit ihm aussehen; aber ich sollte kaum glauben.

Hofcaval. Rechtfertigen? — Ich sehe nicht ein, womit?

Kammerh. Seine Frau, die wohl in unsrer ganzen Monarchie die schlimmste, unverträglichste aller Damen ist, mag ihn wohl zu diesem Schritte gezwungen haben. — Ja, so gehts mit den

den Familienparthien, um eines glänzenden Vortheils willen werden oft junge Leute wider alle Neigung in ein eisernes Joch gespannt — was Wunder, wenn einem nachher die Last unerträglich wird, und man sie bey der ersten Gelegenheit abwirft. Die Freyheit ist eine zu reizende, zu angenehme Gabe der Natur! —

Hofcaval. Ganz gut; aber er hätte nicht eine andere unschuldige Person auf Kosten ihres Glückes mit hineinflechten sollen; — und auch das will ich noch übergehen: — Wie konnte er so thöricht seyn, mit seiner zweyten Frau sich hier beynahe dritthalb Jahre aufzuhalten, ohne die Gefahr zu bedenken, über kurz oder lang entdeckt zu werden, da er hier schon von seiner Jugend her bekannt war?

Kammerh. Das war freylich sehr unüberlegt gehandelt — Er hätte, da er doch den Schritt, zwey Frauen zu nehmen, einmal gewagt hatte, mit ihr in ein entferntes Reich flüchten sollen. Sie soll ihm gegen achtzigtausend Gulden zugebracht haben! — Wie ruhig hätt' er in philosophischer Stille sein Leben durchbringen können!

Hofcaval. Wo ist das Geld hingekommen? — In sechs Jahren achtzigtausend Gulden zu verschleudern —

Kammerh. Das ist eben nichts sonderliches — wir haben einige in unserer Monarchie, die in eben so kurzer Zeit mit Millionen fertig worden sind. Vier bis fünf sechsspännige Zugpferde, ein Dutzend Wagen nach den neuesten französischen und englischen Moden waren ihnen noch zu wenig, und jetzt laufen sie wie Schuster und Schneider zu Fuße durch die Stadt, und sind froh, wenn sie sich dann und wann bey einem Mann vom Bürgerstande zu Mittag ihren Magen füllen können, da vordem vier französische Köche in dreyßig Schüsseln ihren üppigen Gaumen nicht befriedigen konnten.

Hofcaval. Leider! giebts genug solcher Epicuräer — sie setzen den Werth des Adels tief herunter, und verringern dem rechtschaffenen Mann allen Credit. Unter allen großen Handlungen unsers Fürsten wünscht' ich eine strenge Reform des Luxus zu sehen. Die Verschwendung und die Modesucht ist eine wahre Epidemie in unsern Ländern. Der Staatskörper wird ausgezehrt, und niederträchtige Wucherer mästen sich.

Kammerh. Nur Geduld! — Eh' wir's uns versehen, wird uns ein Kappzaum übergeworfen werden, und dann gut! — recht gut. Ich begreif es nicht, mit welchem Herzen ich ein gesticktes Kleid anziehen, brillantene Ringe anstecken, und mich in einer sechsspännigen Carosse blähen könnte; da indessen meine Unterthanen wie Skelets von Dürftigkeit und Niederdrückung ausgetrocknet, vor mir hertaumeln! — Man sollte sich ein Beyspiel an unserm Fürsten nehmen, reich, ökonomisch, und doch am rechten Orte großmüthig und gnädig. — Aber wieder auf Broschalka zu kommen — Der Fürst war gestern erstaunend aufgebracht. Die arme Trentschini wurde noch gestern Abends zur Fürstinn abgeholt, und zwar in ihrer armseligen Kleidung, wie sie

im

im Gefängnisse war. Diese mitleidige, liebreiche Fürstinn hat Thränen über ihr Unglück geweint. Die Muhme des Generals Kronstein hat Befehl, sie auf ihre Kosten auszustatten.

Hofcaval. Der Kronstein — ein vortrefflicher Mann! Ein alter fester Patriot, bloß Soldat, und doch der empfindsamste Menschenfreund. Die Fürstinn hat ihm gestern mit einer Art von Dinstinktion begegnet, sich seine Schuldnerinn genennt, und der Fürst hat ihm beym Weggehen die Hand gedrückt, und recht so mit warmer Liebe zugerufen: Auch ich, auch ich, lieber Kronstein! Morgen ein mehreres!

Kammerh. Hätten wir eher von ihm geredt — so wär' er —

Zweyter Auftritt.
Der General Kronstein mit Sophie, die gut und edel gekleidet ist, wird vom General langsam geführt. Die Vorigen.

Sophie. Ach, meine Wohlthäter! Lassen sie mich ein wenig zu mir selbst kommen. Alle meine Glieder zittern mir — mir ist so angst — als wenn ich mich eines Verbrechens schuldig wüßte, und doch ist mein Gewissen von allem Vorwurfe frey. Ach — noch gestern in dieser Stunde im Gefängnisse, auf vermodertem Stroh — geschlossen, als eine schändliche Missethäterinn zur Stäupung bestimmt, und — heute — in diesem Zustand — hier in dem Pallast des größten, gütigsten, gerechtesten Fürsten — gerechtfertiget und
zur

zur Aussicht eines glücklich rußigen Lebens; —
O Vorsicht, wie wunderbar sind deine Fügungen, wie unergründlich deine Rathschlüsse, Ewiger!

General. Mein Kind, fassen sie sich! — Hier sind wir in der heiligen Freystadt der Unschuld, im Tempel der Gerechtigkeit!

Sophie. Der Gerechtigkeit? — Mein ganzes Herz empört sich — o Broschalka, wie zittre ich für dich!

General. Keinen Gedanken an den Niederträchtigen! Er verdient ihr Mitleiden nicht.

Sophie. Er war mein Mann, zwar auch mein Verführer; aber ich liebte ihn zärtlich, feurig — ist Vater meiner Kinder — die Verwandschaft des Blutes —

General. Eine zweyte Vergrößerung seines Verbrechens!

Sophie. Ich kann nicht wider mein Gefühl — Ach, mein Wohlthäter! Sie versprachen mir — werd' ich sie bald sehen? — Meine Kinder — sie an diesen beängstigten Busen drücken?

General. Bald — bald! Hier, meine Herren, sehen sie meine Tochter! Mitleiden und Freundschaft machten mich zu ihrem Vater — o wie stolz bin ich auf dieses Glück!

Hofcaval. Ich habe die Ehre, sie meiner aufrichtigsten Ergebenheit zu versichern.

Kammerh. Ich gleichfalls, und freue mich unendlich, sie nach so vielen Leiden in so großmüthigen Händen zu sehen.

Hofcaval. Herr General! — Sie werden mit ihrer lieben Freundinn erwartet. Die Fürstinn hat uns befehlen lassen, wenn sie kämen, unverzüglich sie zu ihr zu schicken — Der geheime Rath wird bald zu Ende seyn.

General. Nun, so gehen wir. Adieu, meine Herren! (Sophie geht nach einer Verbeugung mit ihm zur Seitenthüre ab.)

Dritter Auftritt.
Der Hofcavalier und Kammerherr.

Kammerh. Die arme Frau! wie bleich, wie abgehärmt sie aussieht!

Hofcaval. Sehr natürlich! — Wenn sie sechs ganze Jahre, fast bey Wasser und Brod — in einem tiefen stinkenden Loche, wo die Sonne nie hineindringen kann, sitzen, und auf faulem Stroh alle Nächte liegen, vor Kälte halb erstarren müßten, und dann überdieß wöchentlich einmal durchgepeitschet würden — ich glaube, sie verlöhren ihre rothen Backen auch — Sie hätten sie gestern im Stockhause sehen sollen, wie sie vorgeführet wurde — sie hätten sich der Thränen gewiß nicht enthalten können.

Kammerh. Das gute Weib! — Sie muß einmal ein schönes Mädchen gewesen seyn — noch sieht man Spuren davon, und so gar jung kann sie auch nicht seyn.

Hofcaval. Einige dreyßig Jahre, nach ihrer Erzehlung.

Kammerh. Sie verdient Bewunderung. Eine außerordentliche That von einem Frauenzimmer! Wir werden wohl kaum noch eine ihres gleichen finden — manche würde gar gern ihren Mann los seyn, wenn sie's bewirken könnte, und die — rettet ihn vom Schaffot mit Aufopferung ihrer Ehre und Freyheit — Das ist wahrhaftig alles mögliche, was sich denken läßt —

(man hört drey Schläge, der Fürst kömmt, sie treten zurück. Der Hofcavalier nimmt die Bittschriften vom Tische. Die Wache an allen Thüren präsentirt.)

Vierter Auftritt.

Der Fürst, der General, einige Ministers und Hofcavaliers treten zur Mittelthüre ein. Der Hofcavalier reicht mit einer Verbeugung dem Fürsten die Bittschriften, eine nach der andern. Der Kammerherr mit der Feder und Dintenzeug.

Fürst (liest die Aufschriften, unterschreibt, und giebt sie einem andern zur Seiten stehenden Cavalier zurück, so geschieht es mit einer jeden. Liest auf der andern Supplique) Um eine Lehrerstelle? (zu dem Hofcavalier) Kennen sie ihn vielleicht? Wandelmann: war bey der Akademie der Künste.

Hofcaval. Ein sehr geschickter Mann! aber (zuckt die Achseln) ein Ausländer.

Fürst. Ich verstehe — sey er aus Siberien, wenn er nur Herz und Kopf hat, so wie man es haben muß. Vorurtheile müssen Verdiensten nie
hin=

hinderlich seyn, ich überlasse die Sache ihrer unpartheyischen Untersuchung (zu einem Minister, giebt ihm die Schrift, die der Minister mit Verbeugung annimmt und einsteckt. Bey der dritten) Ha ha ha, Fräulein von Trollberg — die nämliche, die mir schon vor vierzehn Tagen auf der Promenade ein Memorial übergab; die nämliche, über deren närrischen Modeputz wir uns so zerlachten, ihr Kopf war von Buteln und Federn aufgethürmt, wie ein Schlittenpferd. (zum General) Sie erinnert mich an mein Versprechen. Hm, hm; beklagt sich, daß sie als eine Hofrathstochter bey den theuren Zeiten mit 600 Gulden Pension sammt ihrer Mutter nicht leben kann, die eitle Närrinn (schreibt) in Zukunft soll sie 200 Gulden haben — zur Strafe ihres Uebermuths, (zum Hofcavalier wenn die Kinder kommen) hernach die andern.

Fünfter Auftritt.

Die Vorigen. Ein Officier bringt zwey Knaben mit Monturen, und in der Thüre sieht man einen Bürger mit einem Mädchen von acht Jahren.

Fürst. Ha — sind das die Kinder? Nur herein — (zum Tischler) Seyd ihr der gutherzige Mann, der sich einer armen Waise so väterlich annahm? — und wie ich höre, selbst nicht viel zum Besten hat? — Es ist mir lieb, euch kennen zu lernen. Ich wünschte, daß ich viele solcher guter Unterthanen hätte. Ihr habt durch eure

eure menschenfreundliche Handlung manchen übertroffen, vor dem ihr euch vielleicht, wenn ihr die Bezahlung eurer Handarbeit eingefodert, oft tief bücken müsset. Wenn ich euch in Zukunft in etwas helfen kann, so entdeckt euch frey, ich werde euch nie vergessen. Für die sechsjährige Verpflegung dieses Kindes soll euch 600 Gulden ausgezahlet werden, und hier nehmt dieses zum Andenken eurer Gutherzigkeit (giebt ihm eine Medaille, der Bürger will niederknieen) Nicht doch — wartet doch! die Mutter dieses Kindes muß ihren Wohlthäter auch kennen lernen. (der Tischler geht ins Vorzimmer) Das Mädchen soll hier bleiben.

Mädchen. Ach lieber Vater, nehmt mich doch mit. Ich mag nicht allein da bleiben.
(will gehen)

General. Mein Kind, bleib nur. Es soll dir kein Leid widerfahren, ich will in Zukunft dein Vater seyn.

Mädchen. Ich mag keinen andern Vater haben — mein Vater ist mir lieber. —

General. Warum denn?

Mädchen. Je nun, mein Vater sieht nicht so wild aus, er hat mich auch recht lieb, auch meine Mutter hat mich lieb. Ach die arme Mutter! — hat heut frühe recht geweint, wie sie mir mein Sonntagskleid angezogen hat — ja, da hat sie so geweint, und mich immer geküßt, und mir den Segen gegeben, und gesagt: ich soll sie nicht vergessen. Und wie wir zu dem großen Hause da gekommen sind, wo so viele Soldaten sind,

da

da hat sie mich wieder auf den Arm genommen, und wieder geküßt, zum Himmel gesehen, und mir wieder den Segen gegeben, und recht geweint, und ich habe auch weinen müssen — ach — ach — ach — ich will wieder zu meiner Mutter.

Fürst. Sey ruhig, mein Kind! du sollst deine Mutter bald wieder sehen. Fürcht'st du dich denn vor mir auch?

Mädchen (sieht ihn an, und dann den General.) Ach nein, vor ihm fürcht' ich mich nicht, er ist viel hübscher, als der alte Herr da; aber ich möchte doch lieber zu meiner Mutter nach Hause.

Fürst (zum Kammerherrn.) Der Mann soll bey ihr bleiben. (der Kammerherr ruft ihn herein; er kommt, faßt sie bey der Hand, und tritt zurück mit dem Kind; das Kind läuft auf ihn zu.)

Mädchen. Ach, mein Vater, mein Vater!

Fürst. Nun, ihr Kleinen, kommt näher! (die Knaben kommen vor, der jüngste faßt seinen Bruder an der Hand; der ältere knieet nieder auf einem Knie, und greift nach dem Kleide des Fürsten. Der Jüngere knieet auf beyde Knie nieder; der Fürst reicht ihnen die Hand, die sie küssen, und hebt sie auf. Der Jüngere behält des Fürsten Hand, und sieht ihn unaufhörlich an. Zum General) Ein Paar hübsche Knaben!

General. Ein Paar hoffnungsvolle Knaben! Der Commandant des Waisenhauses hat ihnen großes Lob beygelegt. (heimlich zum Fürsten)

Fürst. Ich höre sehr viel Gutes von euch; das freut mich.

Sophie.

Der Aeltere. Es ist unsre Schuldigkeit, Ihro Durchlaucht, daß wir uns gut aufführen. Wir sind Waisen — wir müßten sonst vielleicht, wie anderer armer Leute Kinder betteln gehen, wenn wir nicht die Gnade hätten, im Waisenhause zu seyn. Wir haben alles, was wir brauchen, können viel lernen, und mit der Zeit auch wohl noch Officiers werden.

Fürst. O ja, mein Sohn! wenn du dich darnach bestreben wirst, dein Glück zu verdienen —

Der Aeltere. Das werd' ich gewiß, Ihro Durchlaucht! Unser Herr Obrister hat es mir immer vorgesagt: was einem das Glück versagt hat, muß man durch Fleiß und Geschicklichkeit zu verdienen suchen, und ich will dieser Lehre treulich folgen.

Fürst. Bravo, mein Sohn! du scheinst mir schon avancirt zu seyn.

Der Aeltere (mit soldatischer Steifheit.) Ich bin Sergeant, Ihro Durchlaucht!

Der Jüngere. Und ich bin Gefreyter.

Fürst (lächelnd.) So? Schon Gefreyter?

Der Jüngere. Ja, Gefreyter, Ihro Durchlaucht, Herr Fürst, und werde auch bald Corporal werden.

Fürst. Nun, ich gratulire dir dazu, mein Sohn!

Der Jüngere. Ich bedank mich recht schön.

Der Aeltere (heimlich zu seinem Bruder.) Carl, mehr Respekt, Respekt! —

Fürst.

Fürst. Laß ihn nur — Was hast du für ein Papier in der Tasche?

Der Aeltere. Etwas von meiner Arbeit; der Herr Obriste hieß mich's mitnehmen. (zieht einen großen zusammengelegten Bogen aus der Tasche, und giebt ihn dem Fürsten.)

Fürst (erstaunt, tritt einen Schritt mit dem General vor.) Sehen sie einmal, lieber Kronstein! Ist das die Arbeit eines dreyzehnjährigen Knaben? — Ganz vortrefflich! —

General. Ja, mein Seele, Sire! für einen solchen Knaben außerordentlich! Ich wette, mancher Officier würde dagegen ein Schulkind seyn — wie freu' ich mich!

Fürst. Recht hübsch! recht brav, mein Sohn! Nur so fortgefahren, und dein Glück ist gemacht —

Der Jüngere. Ich kann auch schon zeichnen! (zieht auch ein kleines Stück Papier heraus) Da sehen sie nur! — Eine Festung — Ich habe nur keine Farben gehabt, und kein Geld auch nicht; sonst wär's wohl eben so hübsch, wie meines Bruders seines —

Fürst (nimmts, und siehts lächelnd an.)

Der Jüngere. Sehen sie, das ist eine Casserne, und hier das Thor, und hier in der Mitte ist eine Kirche mit einem großen Thurm, und hier —

Der Aeltere. Carl, Carl! Mehr Respekt —

Der Jüngere. Ach, wenn ich nur mein Gewehr da hätte! — Exerciren kann ich schon so gut, wie mein Bruder. Ach, wenn ich nur mein Gewehr — (läuft auf den Gardisten, nimmt das Gewehr) Ach, das ist mir zu schwer! — (er läuft auf den zur Seite stehenden Officier von der Garde) Leihen sie mir doch ihren Stock — (nimmt ihn, und stellt sich in Parade) Nun commandiren sie, Herr Officier!

General. Nun, das will ich thun: Präsentirt! — Das Gewehr zu Fuß! — Präsentirt! — Schultert! — Rechts umkehrt euch! — Links herstellt euch! — Macht euch fertig! — Schlagt an! — Gebt Feuer! —

(der Knabe schreyt: Puh!)

Fürst. Brav, mein Sohn! recht brav!

Der Jüngere. Ja, wenn's erst geladen wäre — dann sollt's besser gehen. —

Fürst. Ha ha ha! — Die liebenswürdige Unschuld! — Er denkt sich hier zu Hause — Das freye, offene Wesen, die Kennzeichen seines guten Herzens für die Zukunft — O daß es unverderbt bliebe! — Nun, mein Kind, du bist wohl gern Soldat?

Der Jüngere. O ja, recht gern. Wenn ich nur bald groß würde, daß ich in die Bataillie gehen könnte! — Und da will ich auch gleich General seyn —

Fürst. So geschwind? — Ey, ey! — Du machst große Sprünge —

Der Jüngere. Ja, unser Herr Commandant hat mir's oft gesagt: — wenn ich gut lernte, und mich gut aufführte, so würd' ich bald Corporal,

poral, und mit der Zeit auch gar General werden —

Fürst. Ha ha ha! — Mit der Zeit — Vielleicht — und dann wirst du auch eine solche Uniform bekommen, wie der Herr hier —

Der Jüngere. So? Ist der alte Herr da auch General? — Hm! — (sieht ihn an, wieder zum Fürsten, ihm die Hand streichelnd) Sind sie denn auch schon General?

Fürst. Ja, freylich bin ich's — (alle lachen)

Der Jüngere (verläßt den Fürsten, und geht bestürzt zu seinem Bruder) Du Ferdinand! — ich habe gewiß etwas dummes gesagt, weil sie mich so auslachen —

Der Aeltere. Freylich, was recht dummes — Sey nur stille! (Carl schämt sich)

Fürst (zum Aeltern.) Mein Sohn, erinnerst du dich nicht auch deines Vaters und deiner Mutter? —

Der Aeltere. O ja, Ihro Durchlaucht! Ich war zwar noch klein; aber ich denke noch wohl daran, wie uns der Papa und auch die Mama weggenommen wurden — Ach, ach, die arme Mama! (weint)

Fürst. Warum weinst du, mein Sohn?

Der Aeltere. Soll ich nicht weinen, da wir unsere Mama verlohren haben? — Sie war so gut, so gut — Ach, wenn ich daran denke, wie sie mich, meinen kleinen Bruder da, und meine kleine Schwester, die noch nicht recht gehen konnte, an ihr Herz drückte — wie bitterlich sie weinte, die Hände rang, bald niederkniete und Gott anrief

anrief — dann wieder uns drey Kinder in die Arme nahm, uns küßte und drückte, und wie sie auf einmal zur Thüre hinaussprang — Gott steh euch bey! war ihr letztes Wort. Ich habe sie nie wieder gesehen — wir wurden zwey Tage drauf ins Waisenhaus geführet — Ach, ich habe lange weinen müssen! —

Fürst. Und hast du nichts mehr von ihr erfahren können?

Der Aeltere. Ach Gott! nichts mehr — gar nichts mehr, als daß mein Papa die Mama betrogen habe, und uns alle verstoßen — daß er — ach — ach — ach! — daß — er — hat sollen — geköpft werden —

Fürst (zum Jüngern.) Warum weinst denn du, Kleiner? Du hast doch deine Mama nicht gekannt? —

Der Jüngere. Ich weine, weil mein lieber Bruder weint; er hat schon oft geweint — und da hab' ich immer mit geweint —

Fürst. Hast du auch nichts von deiner kleinen Schwester erfahren können?

Der Aeltere. Nicht das geringste — Ach, sie wird schon lange gestorben seyn — sie war noch gar klein.

Fürst. Nun, was giebst du mir, wenn ich dir deine kleine Schwester wieder schenke? —

Der Aeltere (mit Feuer.) Ach, ich habe nichts — aber alles, was ich habe, mein Leben — ich will Soldat seyn — mich für sie todt schießen lassen.

Fürst.

Fürst (winkt dem Bürger, er kömmt, und der Kammerherr bringt dem Fürsten das Mädchen. Der Fürst nimmt sie bey der Hand.) Nun, da habt ihr eure Schwester!

Der Aeltere. Ach, mein Schwesterchen! — mein liebes Schwesterchen — (küßt sie, und drückt sie) Carl, Carl! — komm, küsse doch deine Schwester! (Carl nimmt sie beym Halse, und küßt sie)

Mädchen. Ach, lieber Vater! seht doch, die Soldatenjungen drücken mich — Laßt mich gehen, ich mag mich nicht küssen lassen — ich kriege sonst einen Bart —

Fürst. Mein Kind, das sind deine Brüder — die kannst du schon küssen! —

Der Aeltere. Liebes Schwesterchen, ich bin dein lieber Bruder! — (ein Officier tritt ein)

Fürst. Ha, sind sie da? — Gut! — (zum General) hier in dieß Cabinet mit den Kindern —

Mädchen. Ich will bey meinem Vater bleiben —

Fürst. Geht mit, Alter! — (sie gehen mit dem General ins Cabinet zur Mittelthüre durch. Das Mädchen will sich lieber von ihrem kleinern, als größern Bruder führen lassen.) Ach, glücklicher Stand der Unschuld! Wie rein sind die Freuden der Kindheit! — Recht hübsche — liebenswürdige Kinder! — und ihr Vater ein solcher Bösewicht! — (geht auf und ab) Sie mögen kommen — He! — der Mann allein. (der Officier geht mit Verbeugung zur Seite wieder ab) Mein Blut empört sich über den nichtswürdigen Verführer! —

Sechster Auftritt.

Die Vorigen. Baron Broschalka tritt ein.

Fürst. Sie nennen sich Broschalka?

Broschalka (in demüthiger Stellung.) Sire! —

Fürst. Ein Name, den ich verabscheue.

Broschalka. Erbarmen, Sire! Erbarmen!

Fürst. Der Verführten — aber nicht dem Verführer.

Broschalka. Ach, dürft' ich — eh sie mich verdammten —

Fürst. Deine eigene Schandthaten verdammen dich.

Broschalka. Dürft' ich für mich —

Fürst. Sprechen? —

Broschalka. Ich wüßte gewiß, sie hätten Erbarmen, Sire!

Fürst. Ein frecher Bösewicht! Sind deine Verbrechen nicht groß, nicht bewiesen genug? — Willst du sie vielleicht mit einem Mantel umhüllen?

Broschalka. Sie sind groß — ich will's nicht läugnen — Ach, Sire! — Sie sind gerecht.

Fürst. Du sollst's erfahren, daß ich es bin —

Broschalka. Leihen sie mir ihr Ohr, und lassen sie ihr Herz Richter seyn.

Fürst.

Fürst. Schweig! Dieser Richter würde dir dein Urtheil nur schärfen —

Broschalka. Er soll's — er soll's —

Fürst. Willst du ihn vielleicht bestechen? Nein, bey Gott! das sollst du nicht; und was könntest du zu deiner Vertheidigung vorbringen? daß du dein Weib verlassen, ein anderes unschuldiges, verwaistes Mädchen durch deine heuchlerischen Verführungen in deine Fallstricke gelockt, mit den heiligsten Banden gefrevelt — den Eid der ehelichen Treue am Altar geschändet — Veruchter! Und dann führst du dieses unschuldige, tugendhafte, von dir verblendete Geschöpf ihrem Verderben entgegen — Wo waren deine Sinnen? — mit welchem Herzen konntest du diesen Schritt wagen? — Wolltest du sie nicht geflissentlich zum Opfer deiner Bosheit machen?

Broschalka. Eine falsche Nachricht, daß mein erstes Weib nach Polen gegangen, und da gestorben sey, hintergieng mich —

Fürst. Niederträchtiger! Konntest du dich auch im Mittelpunkt der Erde gesichert halten — mußte dir nicht dein eigener innerlicher Richter die Größe deines Verbrechens vorrücken? Wie konntest du Ruhe hoffen? — Selbst die zärtlichsten Liebkosungen der unglücklichen Verführten, mußten deine immerwährenden Ankläger seyn — je mehr sie dich liebte, je höher stieg dein Verbrechen! — Was hat dir oder deiner Familie diese Arme je gethan, sie so tief zu stürzen —

Broschalka. Eigensinn, Eigennuß, und Verhältnisse unserer Familien stifteten die erste Heyrath — Mein Herz hatte keinen Antheil an dieser Verbindung, und in meinem damaligen Alter durft' ich keinen Willen haben. Meine Hand wurde mir abgedrungen — Ach, bald entwickelte sich der Charakter meiner Peinigerinn. Sie forderte Liebe, Unterwerfung, und wie konnt' ich ihr die gewähren, da unsere Seelen nicht im geringsten sympathisirten! Mein Ehestand ward mir zur Hölle, und die Kette, die an meiner Hand glühte, durchdrang mein Innerstes. Durch Verzweiflung hingerissen, zerbrach ich endlich die Bande, in die mich mißbrauchte Vorrechte meiner Aeltern geschmiedet hatten, und — entfloh. Bey meinem Herumirren, da ich mich nicht genug vor künftigem Mangel gesichert hatte, lernt' ich Sophien kennen — Mein Herz ward ihr Opfer. O dieses sanfte, holdselige Geschöpf — Unschuld und Tugend — ergab sich mir Elenden, auf die Bedingnisse, uns durch heilige Bande zu vereinigen. Ich ward aus Liebe ein Verbrecher, und — wer hätte hier zu seiner Glückseligkeit nicht Verbrecher werden wollen! Wo ist die Creatur, die kein Bestreben, kein Sehnen nach Ruhe, nach Glückseligkeit, in ihrem Busen fühlt — die sich nicht mit allen ihren Kräften bemüht, sich aus dem Elende zu reissen, von unverschuldeter Qual zu befreyen! — Ich will sie bewundern — Kalte Vernunft gab die Gesetze, die mich verdammen; nicht das leidende Herz, das kein Ende seiner Marter sah, die es bis zur letzten Minute des Lebens mit sich fortschleppen sollte —

Fürst. Jeder Bösewicht ist erfinderisch, seine Verbrechen mit einem Firniß von Unschuld, Nothwendigkeit, Zufall und Stärke des Gefühls zu überziehen; aber warst du berechtigt, ein anderes unschuldiges Geschöpf mit in dein Unglück zu flechten? Und das alles beyseite gesetzt — da du sie einmal zu diesem Schritte verführt hattest, warum mußte sie das Schlachtopfer deiner Schandthat werden? — Hier, wo du doch, ohne ganz verrückt zu seyn, unmöglich dich für sicher und unerkannt halten konntest — hier wolltest du ihr Dank, die Erwiederung ihrer großmüthigen Liebe beweisen —

Broschalka. Ich kann's selbst nicht fassen, wie ich so verblendt seyn konnte! — Eine höhere Macht muß mich —

Fürst. Der Strafe deiner Bosheit entgegen führen — und dann — Verstockter! — als du, entdeckt, ins Gefängniß geworfen, zum Bluturtheil verdammt warst, giebt dir dieses sanfte, holdselige, unschuldige Geschöpf Anschläge auf Kosten ihrer eigenen Ehre, um die Größe deines Verbrechens zu mindern, dich aus der Hand des Scharfrichters zu befreyen — und du konntest so grausam seyn, dich durch ihren Untergang retten zu lassen? — Schweig, die Liebe zum Leben, willst du sagen, hatte dich verblendet? — Ha, lieber todt, als ein Leben voll Schande! Aber alles das ist gegen deine darauf erfolgte Unmensch-

menschlichkeit noch nichts — diese wohlthätige
Retterinn deines Lebens muß, aus Rache deines
grausamen Weibes, ins Gefängniß geworfen,
mit Ketten gebunden, und geschlagen werden,
muß sechs Jahre lang als die schändlichste Missethäterinn darinn schmachten und verzweifeln! —
Und du, durch ihre Großmuth in deine vorige
Rechte wieder eingesetzt, lebst in den zärtlichen
Armen deines vorher so verachteten fürchterlichen
Weibes ruhig und vergnügt, fragst nicht nach
ihr, denkst nicht an ihr Schicksal, auch nicht an
das Schicksal deiner armen Kinder? — Unna-
türlicher Bösewicht! — Dieß bricht dir den
Stab —

Broschalka. Ich bin schuldig — ich klage
mich vor Gott und der Welt an; aber um Gottes willen, Sire! — den Tod — den tausend-
fachen Tod! — ich sehe, ich hab' ihn verdient,
und will meinen Nacken der Hand des Henkers
willig darreichen — nur nicht diese entsetzliche
Beschuldigung — davon bin ich so rein, wie das
Kind an der Brust seiner Mutter. Das Schicksal meiner armen Kinder blieb mir bis den heutigen Tag verborgen; mein rachgieriges Weib allein hat dieses gräßliche Gewebe gesponnen.
Die nämliche Stunde, da ich durch Sophiens
Heldenthat frey wurde, mußte ich als ein Gefan-
gener mit meinem Eheteufel nach Polen zu ihrem Bruder reisen — Gott, was hab' ich gelitten! wie oft mein Leben selbst verkürzen wollen! — Ich wandte alle Kunstgriffe an, um
Sophiens

Sophiens und ihrer Kinder Schicksal mich zu erkundigen; aber die Henkerinn wußte alles zu vereiteln — Auf einmal brachte sie mir ein von ihrer Bosheit ersonnenes scheinbares Schreiben, das den Tod meiner Sophie bekräftiget, welcher im Kloster, wohin sie auf ihre Kosten sollte gebracht worden seyn, erfolgt wäre. Ihre Kinder habe sie, wie sie mich beredte, in eine fremde Provinz zur Erziehung geschickt, deren Aufenthalt ich aber nicht erfahren sollte, bis sie selbst Kinder mit mir haben würde. Die Vorsicht hat sie gestraft — Vorgestern sind wir erst hier wieder angekommen. Wie hätt' ich ein solcher unmenschlicher Bösewicht seyn können, wenn ich nicht von dieser Schlange wäre überlistet worden!

Fürst. Dieses Scheusal muß ich doch sehen! (winkt; der Officier geht, und bringt sie herein.)

Siebenter Auftritt.

Die Vorigen. Frau von Broschalka tritt frech herein, macht eine Verbeugung.

Fürst. Dieß ist also das Wunderthier! — das an Grausamkeit, hinterlistiger Rachsucht und Unmenschlichkeit alle Ungeheuer übertrifft, deren je die Geschichte erwähnt —

Fr. v. Broschalka. Sire, das zu mir?

Fürst. Ja, zu dir, du Teufel in menschlicher Gestalt!

Fr.

Fr. v. Broschalka. Ich bin eine Dame von Stande, Sire! — Dieß ist eine Begegnung, die einer gemeinen Dirne schon auffallen müßte! — Wodurch hab' ich verdient, daß —

Fürst. Von Stande — eine Dame! — Unter das Thier — ganz aus der Klasse der Menschheit gehörst du, du Brandmarke deines Geschlechts — das von der Natur zu den sanftesten Empfindungen geschaffen ist — fragst um deine Verschuldung? Der Name Sophie durchdonnere deine Ohren! —

Fr. v. Broschalka. Sophie! — der Name einer gemeinen feinen Buhlerinn, die einem Eheweibe ihren angetrauten Mann verführt — ihn zum Ehebrecher gemacht! —

Fürst. Halt ein, Satan! — die dir den Mann durch Aufopferung ihrer eigenen Ehre von der Hand des Henkers befreyt — ihn dir, da sie ihn doch weit mehr liebte, als du — großmüthig wiedergegeben; und Sophie, die näml'che, die du sechs ganze Jahre aufs schmählichste peinigen und mishandeln lassen, und der du noch eine lange Reihe solcher martervollen Jahre bestimmt hattest —

Fr. v. Broschalka. Wie sie es verdient hatte! — Hätt's in meiner Macht gestanden, hätte sie geschwinder befreyt seyn sollen! (hämisch und boshaft)

Fürst. Ha! — blutdürstiger Tieger — ich verstehe dich — Nun dann! du hast dir dein eigenes Urtheil gefällt —

Fr.

Fr. v. Broschalka. Ich verlasse mich auf die Gewalt der Gesetze, die sie selbst zu handhaben beschworen, und die mich vor allen Folgen schützen müssen —

General. Diese Frechheit ist unerhört!

Fürst. Die ich handhaben werde — die Gesetze, die eine Verfolgerinn der Unschuld verdammen, und die du mit aller Welt Schätzen nicht beugen sollst. Ich selbst will dein Richter seyn! Sophie ist sein angetrautes, und von ihm verführtes Weib — du bist ihre Henkerinn, und hier — hier lerne sie kennen, und dich selbst gegen sie verabscheuen! (geht rechts ins Nebenzimmer, und führt Sophien heraus; und bald darauf kommen die Kinder und der Tischler.)

Achter Auftritt.

Die Vorigen. Sophie. Und darauf die Kinder mit dem Tischler.

Sophie. Ha! Broschalka! — (wendet ihr Gesicht weg.)

Broschalka. Sophie! — (fährt zusammen)

Fr. v. Broschalka. Meine Nebenbuhlerinn! (wie vom Blitz gerührt)

Broschalka. Sophie! Sophie! —
(die Kinder kommen)

Sophie. Gott, was seh' ich — meine Kinder, meine Kinder! (springt auf sie zu)

Der

Der Aeltere. Ach, meine Mama! — Sind sie es? — Unsere liebe Mama —

Der Jüngere. Ist das unsere liebe Mama, um die du, lieber Bruder, so geweint hast? — Ach, ich habe auch um sie geweint —

Sophie. Meine Kinder, meine unglücklichen Kinder! — Mein Sohn, lieber Ferdinand! — Carl! — und du, meine kleine Sophie! — (küßt und drückt sie alle) Ich habe euch wieder! — Allgütige Vorsehung! — wie glücklich, wie unaussprechlich glücklich bin ich in diesem Augenblicke! — Alle meine Leiden sind nichts gegen diesen Himmel voll Freuden! — Ich habe euch wieder! — O bester, liebreicher Menschenvater! — Welche entzückende Scene bereiten sie mir! — (faßt sich und erschrickt — sieht die Baronesse an) Ha — daß sie durch diesen schauervollen Anblick vergiftet würde! —

Fürst. Nun, Unglücklicher! — Sieh diese Kinder! — dein Blut! diesen Engel vom Weibe — und alle durch dich so unglücklich! —

Broschalka (steht gebückt, die Augen zur Erde geheftet, die Hände ringend. Man merkt den schmerzlichen Kampf seiner Empfindungen.)

Sophie. Grausamer! — Was für ein Herz hattest du — mich für alle meine Zärtlichkeit — so lange leiden, peinigen zu lassen! — dein eigenes Blut zu verläugnen, deine Kinder dem Erbarmen der Welt — hülflos zu überlassen! — Das hätt' ich mir nie von dir — nie von einem
Menschen

Menſchen vermuthen können! — Doch, ich ver-
verzeihe dir — Gott möge dir auch verzeihen! —
Ach, daß du dir nur ſelbſt verzeihen könnteſt!

Fürſt (zur Fr. v. Broſch. die ſich entfernen will.)
Bleib! — Fühle deine Niedrigkeit — die Häß-
lichkeit deines Charakters! — Hier in dieſem
Spiegel kannſt du deine ſcheußliche Geſtalt ſe-
hen.

Broſchalka (wirft ſich nieder.) Sophie! Sophie! — ſieh, wie mich mein Gewiſſen zerfol-
tert! Ich fühle alle deine ausgeſtandene Leiden
— in dieſem Augenblicke doppelt! Die Vorwür-
fe meines Gewiſſens durchwühlen mein Einge-
weide —

Sophie. Ich verzeihe dir von Grund meines
Herzens, alles ſey vergeſſen auf ewig — ja,
wenn ich dich noch einmal retten, mit meinem
Leben dich retten könnte — mit Freuden würd'
ichs thun!

General (küßt ſie.) O meine Tochter! —

Broſchalka. Um Gottes willen, Sophie!
— Nicht dieſe Begegnung — nicht dieſen Ton
— er zerſchneidet mir das Herz! —

Der Aeltere, (der ihn immer ſteif angeſehen.)
Ach, liebe Mama! — Iſt das nicht unſer Papa? —

Sophie (mit Thränen.) Ihr unglücklichen Kinder, ja, es iſt euer Vater!

Sophie.   F   Der

Der Aeltere. Komm, Carl, das ist unser Papa! — Ach, liebster, bester Papa!
(laufen auf ihn zu)

Der Jüngere. Lieber Papa!

Fr. v. Broschalka. Das ist Höllenmarter! —

Broschalka. Zurück — ihr unschuldigen Pfänder der zärtlichsten und unglücklichsten Liebe! — Ich wag' es nicht — euch an das klopfende Herz eures strafbaren Vaters zu drücken —

Der Aeltere. Ach, lieber Papa! wollen sie uns zum zweytenmal verstoßen? — wieder verlassen? — Ach, sehen sie nur, wie unsere Mama weint — auch wir —

Der Jüngere. Nein, lieber Papa! — Sie müssen bey uns bleiben, auch bey unserer Mama! — Ich will auch hübsch folgen — und fromm seyn.

Broschalka. Ich kann nicht widerstehen! (er nimmt sie in seine Arme, und drückt sie an sein Herz) Ach, meine Kinder! — Mein Blut — Nein, nie will ich euch wieder verlassen — eh soll der grausamste Tod —

Fürst. Du hast dich der geheiligten Vaterrechte unwürdig gemacht — nie sollst du dieß sanfte Vergnügen schmecken! Hier, dieser wohlthätige Mann wird ihnen künftig Vater, mehr als du es gewesen — Vater seyn! Ein Vater aus Menschenliebe — Sein Name soll den Schandflecken wieder auslöschen, den du Vater

durchs

durchs Blut — über deine Kinder gebracht hast —

Broschalks. Schrecklich, Sire! — Bey allem, was im Himmel und auf Erden ihnen heilig ist — geben sie mir den Tod in diesem Augenblicke — Ich will mich in Stücken zerreissen lassen, ehe ich mich von meinen Kindern trenne —

Sophie. Durchlauchtigster Fürst — Erbarmen über diesen Unglücklichen! Er bereuet seine That — und Reue kann ja Gott versöhnen! Kommt! meine Kinder! — Fallt dem besten Fürsten zu Füßen! — *(führt ihre Kinder zu den Füßen des Fürsten)* Auch sie, mein Wohlthäter — mein Vater! — laßen sie ihr vortreffliches Herz jetzt Fürsprecher seyn! Retten sie meinen Kindern ihren Vater — oder ich werde mich Zeitlebens als die unselige Ursache seines Todes verwünschen müssen — Großmüthigster Fürst! — Gnade! Erbarmen für diesen Unglücklichen! — Oder ich will mich wieder in die Ketten —

Beyde Kinder. Ach, Ihro Durchlaucht — unsern Papa — unsern lieben Papa —

General. Hier sehen sie mich, Sire! — ich beschwöre sie bey meinen grauen Haaren — seyn sie dießmal ein gnädiger, vergebender Richter! —

Fürst. Nun, es sey! — Deine Reue und so viel wichtige Fürsprechungen retten dich von deiner verdienten Strafe; hättest du dich aber von der an Sophien verübten Grausamkeit nicht ganz frey gesprochen, so sollten dich die Bitten einer

Welt nicht vom Tode gerettet haben! Ja, Sophie, er ist an allen ihren Leiden unschuldig! dieses böse rachgierige Weib allein.

Sophie. Unschuldig? — Dieß Geständniß giebt mir meine Ruhe völlig wieder — Auch konnte dich mein Herz nie für einen solchen Tyrannen halten —

Fr. v. Broschalka. Ihro Durchlaucht! — ich erkenne nun selbst, daß mich die Eifersucht zu weit geführet hat — ich will mein Vergehen dadurch gut machen, daß ich die Kinder meiner Nebenbuhlerinn zu Erben meines Vermögens einsetze.

Fürst. Ha, Krokodill! nach dem Morde beweinst du den Mord — Nein, nie sollen diese Armen deines Beystandes bedürfen — Geh, genieß dein und deines Mannes Vermögen — und trage den nagenden Wurm deiner verübten Unmenschlichkeit mit dir fort, bis du ein Leben endest, das von der ganzen Menschheit verachtet und verabscheuet wird, geh! —

Fr. v. Broschalka. Sire! —

Sophie. Vergeben sie ihr.

Fürst. Fort, aus meinen Augen! — (Frau v. Broschalka geht ab) Die Gesetze sollen diese Ehe trennen, die zu solchen unglücklichen Folgen die Quelle war.

Neunter Auftritt.
Die Vorigen, ohne Frau von Broschalka.

General. Sir, sie sind so gerecht, als gnä= dig! Ja, dieser arme Teufel von Mann hat genug gelitten — er soll mein Freund seyn! Ich will ihn für den Verlust seines Vermögens schadlos halten, er soll die Sorge übernehmen, seine eige= nen Kinder, die ich durch ein Adoptions=Instru= ment, aus Achtung für ihre Mutter und ihre Familie, für die meinigen erkläre, zu erziehen, und brave Männer aus ihnen zu machen. Er kann ihnen praktische Lehren über die gefährlichen Schlingen des Lasters beybringen; aber meinen Namen müssen sie führen —

Fürst. Wohl! und bey dieser neuen Namens= veränderung will ich Gevatter seyn — ich binde jedem dieser beyden Pathen eine Officiersstelle ein, mit dem Versprechen, auf ihre weitere Versor= gung zu denken, wenn sie es verdienen werden.

Sophie. Großmüthigster Fürst! und sie, mein Vater! — Ach, ich kann nicht — ein an= derer — (sieht gen Himmel) wird ihr Belohner seyn! —

Broschalka. Ihro Durchlaucht! — meine Zunge ist zu schwach (zu seinen Füßen, kann nichts weiter reden.)

Fürst. Stehen sie auf, Baron! — Von nun an sey alles vergessen —

General. Umarmen sie mich — ihre Reue macht sie mir so werth, als wenn sie nie gefehlt hätten,

hätten, sie haben ein gutes Herz, und wer das hat, kann nie vorsetzlich fehlen.

Broschalka. Edler großer Mann! — wenn Ehrfurcht, unermüdeter Diensteifer in Zukunft —

General. Warum nicht gar? — genug — wir wollen uns recht wohl seyn lassen! —

Fürst. Nun, Sophie! — Broschalka! — lernt auch in diesem Mann euren Freund kennen — (auf den Tischler deutend) Er erhielt und ernährte diese kleine Tochter, da sie eine hülflose Waise, und von jedermann verlassen war —

Sophie. O mein Wohlthäter! — Wie kann ich ihm danken?

Broschalka. O mein Freund!

Tischler. Hier, dieser große Fürst hat mir schon mehr gegeben, als ich verdient habe. (zum Mädchen) Mein liebes Töchterchen, da nimm deine Aeltern! Sie werden dich besser erziehen — aber gewiß nicht mehr lieben können. Vergiß uns nicht! wir wollen sie manchmal besuchen, ich und mein gutes Weib, wenn sie es erlauben.

Broschalka. Wir wollen gemeinschaftlich miteinander leben — als Brüder —

General. So recht — das Bißchen Unterschied ist doch nur Einbildung — gut bleibt gut, wo's auch immer steckt. Heute wollen wir alle zusammen schmausen, und uns ein freundschaftliches Räuschgen trinken.

Fürst.

Fürst. Nun hab' ich noch eine Schuld abzutragen — das liebe Mädchen im Stockhause, (zu einem Hofcavalier, dem er einen Beutel giebt) Sie besorgen es — ich ließ mich für die schönen Blumen, und ihr gutes Herz bedanken, und ich wünschte, daß sie bald einen hübschen Mann finden möchte, den sie verdiente, so wollte ich weiter auf ihr Glück denken. Und sie, General, kann ich doch auch nicht vergessen — Hier, dieses Ordensband soll die Belohnung ihres vortrefflichen Herzens seyn, und dann — diese warme Ueberzeugung sey ihnen die Versicherung meiner immerwährenden Liebe — (küßt ihn)

General. Sire! — Dieser Kuß ist mir mehr — als eine — Krone!

Fürst. Und sie, Sophie, sind noch unveränderlich auf ihrem Entschlusse?

Sophie. Ja, Ihro Durchlaucht! — in der Einsamkeit — im Schleyer will ich ohne Unterlaß für den segenreichen Flor ihres durchlauchtigstes Hauses — für meine Kinder und ihre Wohlthäter bethen.

Fürst. Thun sie das — für ihre und ihrer Kinder Versorgung will ich sorgen — Lebt wohl! — ich muß auf zu meinen Geschäfften gehen — es giebt noch mehr Unglückliche, die meiner Hülfe bedürfen.

(geht ab.)

Alle. Gott erhalte sie, bester, großer, liebreicher Fürst! —

General.

General. Nun kommt, Kinder! Den heutigen Tag wollen wir wie ein zweytes Hochzeitfest zubringen, und uns von Herzen freuen — auch des Stockmeisters Mädchen soll dabey seyn —

Sophie. Auch sie war meine Wohlthäterinn — du mußt deinen Dank mit dem meinigen vereinigen, Broschalka!

Broschalka. Ach göttliche Sophie!
(will sie umarmen)

Sophie (mit Würde.) Du vergißt, daß wir auf ewig getrennt sind — O meine Kinder — o meine Freunde! den heutigen Tag will ich in euren Armen zubringen, und dann — wenn die Sonne uns verläßt — allen Freuden der Welt auf immer entsagen, in frommer Stille meine Wünsche für euer Wohl aushauchen — und der allgütigen Vorsicht für meine und meiner Kinder Rettung ewig danken.

Ende des Schauspiels.